U0044498

指認與召喚
詩人的另一個抽屜

【推薦序一】

詩是吾黨之能事

——唐捐

詩意之來，有如天風海雨，帶著不可測的奧祕，但有經驗的人自能辨識其模式與軌跡。天機爛漫如初生的獸，狂迷如巫覡，大概也就能詩了。但深於詩者，知道閱讀與思考的重要，並不以多情善感為滿足。詩既植根於現實，而又抵抗著世俗；詩是本能，更是有待追求的術業。

閒來就亂寫一通，再引用名家語錄說：「寫一首壞詩的樂趣甚於讀一首好詩。」這或許頗能有效消除（不甚讀詩的）羞恥感，但傻里傻氣，大約還是事實。人間勵志之語，每帶哄騙性質。意在推廣者，怎能期待他鑿深。把入門款當成旗艦版在拜，雖一時自晦，畢竟爛散天真。

許赫以「告別好詩」著稱，我願把他的「告別」理解為一種「反思」，那麼此說的作用即是將好詩「問題化」吧。有小生可以演，誰要當丑末雜獸？「詩」是持續建構、重組、更新的概念，並非永恆不變。因而爭辯一首詩的好壞，也就涉及詩學取向的選擇。

或許緣於這樣的熱忱，許赫聚集了四位青年詩人來談詩，使其各騁所能，成此一書。他們恰好都在攻讀中文學門的博士，以詩之研讀論說為常業，有機會觸及更深的滋味；可貴的是，他們都能常保天機而不泥於知解。畢竟詩之為「學」，是在提拔詩心，而非羈縻創造力。

林餘佐是省識氛圍神韻之美的，同時又能講求詩的技藝。抒情詩彷彿具有巫覡之力，昭然見於楚騷傳統或奧菲斯神話。但說真的，後世庸俗的抒情詩人從來不能夢見這種魔術。餘佐以他專擅的細說語式，為我們指認了一些事實：當代抒情詩一旦寫到入髓，可以產生哪些神奇效應。

崎雲以哲思精湛著稱，敏感於文字的虛幻性。既願意探問詩的風格如何形成，不害怕抽象；又能精讀若干案例，指陳隱喻操作的慧心與法則。例如僅就周夢蝶詩裡的「路徑」意象，即調動多種資源來解說，推出若干新意。崎雲的詩論裡，總是為靈性安置了一個位置，這也是耐人尋味的。

趙文豪捕捉到好幾個即時性話題，積極與之對話。可見詩的知識並不封閉，而是可以合於時用的。多年前，林燿德常談及美學、權力、知識的多重糾葛，以展示「機制」對文學的作用。文豪對於文學獎、詩社之類課題，亦曾認真做過研究，因而能歸納其模式，提出較專業的看法。

謝予騰從文類談起，既引用了古代詩話，也能旁證於當代歌詞。談詩之際或之餘，還說了不少自己的故事，因而特具溫度。詩話為久被忽略的寶庫，只要帶著「現代的」詩思進去，即能有得。予騰既關注詩的本質，又熱衷於蒐羅並剖析當代詩壇的現象，故能創造屬於自己的詩話。

杜詩云：「詩是吾家事。」我們以文學為術業的人，亦應以「寫詩、談詩、思考詩」為日常，勞神無悔。當然，出身於中文系或台文所的現代詩人，優勢雖在，侷限也是有的。劇談必有得，言多亦小失。惟語文（無論是感發的或論述的）既是吾黨追索之道，說而已矣，何所顧忌。

【推薦序二】

小徑指南

——楊佳嫻

改編自史蒂芬．金的小說，由史蒂芬．金擔任導演——這組合夠完美了吧？這傢伙心大，連庫柏力克改編他的小說拍成《鬼店》，都已經被承認是影史上的經典了，他卻十分不滿。很不幸，《驚心動魄撞死你》（Maximum Overdrive）這部由史蒂芬．金初執導演筒、改編自己作品的電影，小說張力沒被發揮，配樂與電影不搭，莫名其妙的橋段削弱劇情力量，而導演本人日後則招認當時他根本不知道在拍什麼——嗑藥嗑太多了。

圍繞著某一種文類或文體的各種文化生產，往往由不同人來擔任。能寫偵探小說的不一定能做好電影改編，能做好改編的未必能拍好偵探電影。同樣的，能把詩寫好的人，未必在寫詩的評論時也能激發出同樣水平，反之亦然。那麼，談自己寫的東西行不行呢？作者未必是詩最恰當、最具想像力的解人，自作自解自誇也難免尷尬（羅智成例外，而且還格外精彩）。但是，當讀者喜愛某一位作者的作品，甚至也因此對該種創作萌生興趣，當然有興趣知道這位作者怎麼理解創作、怎麼進行創作，尤其當中如果透露出一些意想不到的消息，更使人驚喜。比如夏宇喜歡也斯的詩，楊牧喜歡七等生的小說，李維菁嗜讀辛波絲卡，都推擴出浮想連翩的空間，那裏頭隱隱存在著一張超聯結之網，閃爍著暗光。

那麼，如果今天作家有個專欄能夠對他想像的讀者們說說話，他想說些什麼？特別是，詩人一般以詩面世，專欄文章卻多半以散體行文為基礎設定，一旦必須減少跳接、掩映等技藝，詩人將怎樣描述、說明、揭露他與詩的關係？這也正是我在開讀這部合集《指認與召喚》之前的期待：四位初初踏上學術（荼毒）之路的青年詩人專欄，旭日初昇般的心靈袒露其內面風景。

趙文豪專欄「那些名之為詩的」，談及詩社、文學獎、敏感度、詩評等等，以自身的經驗與思考，在相當實際的層面上討論詩作為一種現實活動的諸面相，親切平和，不過，總希望能再多看到一點他作為創作者的深度自剖；崎雲專欄「幻肢與幻技」，談風格塑成、生活感、文學的虛與實等等，印象深刻的是最後一篇談及詩與詩人之間的「真實性」與「演藝性」，有其「不可信」，頗為誠實；謝予騰專欄「詩辨」，取名就讓人聯想到嚴羽《滄浪詩話》中也有〈詩辨〉，談了文類區辨（散文與詩、詩與詞）、晦澀之（不）必要、詩評寫作等，而在談到陳雋弘詩的一篇，有限篇幅內卻大段大段引用陳的話語，難免讓我著急起來：「別一直談別人的自我懷疑了，你怎麼想？」幸好，等到談文學獎經驗的一篇，就讀到了予騰的自我懷疑。以上諸位的專欄文章，「為初學者寫」的色彩相當明顯，談的是任何詩人在外演講都可能被問、而未必能得到一致解答的困惑，但是，他們提供的不是答案，而是自己感受、思考的路徑。

林餘佐專欄「召喚以技藝」寫法較為不同，頗有當作文學散文集來經營的企圖與質感，不是由明確的話題來帶領，而藉由剖析常見（洛夫、顧城、夏宇）以及罕見（邱剛健、黃荷生、郭品潔）之詩，從幽微縫探照自我與世界的曲折，無痕跡地溶入詩、讀書與生活，文字編織精緻而節制，穩妥地接住他想談論的事物，且顯然對於人類學有些興趣，能從中提煉與文學接壤之處。

回到史蒂芬・金，不管《驚心動魄撞死你》是佳片還是嘈片，爛番茄指數多少，也許都不影響粉絲們熱切的注目；因為，能在其中看見心愛作家的能與不能，誇張與脆弱，偏心與差池，這張力也是魅力的來源。無論如何，史蒂芬·金還是史蒂芬·金啊！喜愛文豪、崎雲、予騰和餘佐的詩、對於詩抱持著著不同種類困惑的讀者與同行們，絕對樂見這部集子的誕生。

【推薦序三】

七年級論詩人的逆襲

——楊宗翰

七年級論詩人，終於來臨了嗎？《指認與召喚》由趙文豪（一九八六—，臺灣師範大學臺文所、崎雲（一九八八—，政治大學中文所）、謝予騰（一九八八—，成功大學中文所）、林餘佐（一九八三—，清華大學中文所）合著，他們都生於一九八〇年代，亦即台灣慣以民國紀年標示的「七年級生」。這四位八〇世代／七年級生皆攻讀中國文學或台灣文學系的博士學位，同樣兼具創作者（寫詩人）與評論者（論詩人）身分，選擇二〇二〇年在斑馬線文庫出版《指認與召喚》可謂適逢其時。我曾在〈台灣「六〇世代」與「七〇世代」詩評家特質之比較〉中指出：「七〇世代詩評家的當務之急，應該是『催生詮釋團體』。詮釋團體牽涉到人員、組織、刊物、聚會（或藝文沙龍），日後若要建構『共同歷史』，這些顯然都不可或缺」（見《異語：現代詩與文學史論》，頁一〇五）。這項呼籲在同仁詩社紛紛解離的七〇世代間很遺憾未見迴響；倒是在新世紀第二個十年伊始，喜聞八〇世代／七年級論詩人們願意以書寫與出版來「原詩之道」——他們年輕時聽太多前行代高談「什麼才是詩」，現在該換成自己來訴說「詩可以是什麼」了。

值此網際網路時代要組織詮釋團體，可謂既容易，又艱難。容易的部分是工具甚多，合縱連橫或張貼發表都不成問題；艱難的部分是需要媒人，畢竟誰不希望鶴立雞群，按讚分享數量高低有別，一不小心就傷了感情。這回的媒人是從二〇一二年就開始進行「告別好詩」的六年級生許赫

（一九七五—），他同時也是斑馬線文庫的社長。就像鴻鴻主編刊物「衛生紙＋」時有所謂「衛生紙詩人」；許赫所經營的出版社旗下作家，似乎也可以排出一條不算短的「斑馬線戰隊」。後者間年齡跟國籍的跨度都不能算小，經營文類往往非限一隅，把文學出版視為奮鬥乃至戰鬥的意味頗為濃厚。許赫自己走得夠遠，雅不欲下一世代再踏上「告別好詩」之途。二〇一八年他向趙文豪、崎雲跟謝予騰邀稿，集中特定主題、訂立寫作篇幅、固定發表頻率，再加上較晚加入輪值筆陣、且是唯一未曾於斑馬線文庫出書的林餘佐，歷時兩年方有這部《指認與召喚》。

既然有媒人以這種形式來號召「斑馬線戰隊」整軍出擊，其內容與效應自然值得引頸期待。寫詩於四位青年並非難事，論詩就其身分（同樣高學歷、多著作、研究中文學門）亦屬本分。難得的是，四人筆下任一篇皆未曾墜入掉書袋、好夾槓之魔道，大抵都能遵守「與君細論詩」之初心，不會擺出一副「吾乃文學博士」的醜惡嘴臉。態度既正確，讀來自舒坦。所以就算謝予騰「詩辨」一輯用大量個人生活感受來開篇，趙文豪「那些名之為詩的」一輯大拋議題來跟不同前行代對話，竟都令人覺得可愛極了——雖然關於詩與散文、詩與批評、詩與文學獎、詩的好與壞……我們已經聽過太多，但書中就是能夠用諸如：「在這條對於詩的追尋，我們必須持續努力前進」（趙文豪語）、「詩這文體的本質，就應該是如此自由而美好的」（謝予騰語）等句讓讀者振奮握拳，昂揚鬥志。至於兩位提出的幾個大題目，在書中偶見「有解釋、沒解決」，應該也是受到篇幅跟格式的限制。

崎雲跟林餘佐又是另一種類型。同樣要「細論詩」，崎雲「幻肢與幻技」一輯在閱讀周夢蝶、阿流、郭哲佑以及自己作品時，筆下不時閃現出哲思的靈光與議論的深度。林餘佐的文字質地在四人中堪稱最佳，「召喚以技藝」一輯把詩評論寫成詩散文，他不走純賞析、解釋一路，而是藉讀詩來燭照生活，興發感悟。所述及者如邱剛健、郭品潔、黃荷生，都是主流視野以外的詩人，亦可見其讀詩脾性。此輯中林餘佐精煉出原詩之道與書寫之術：「詩是抒情的酒水、是召喚的呢喃，是所有難言之隱的藏身之處。我們像是巫祝在月光下祈禱，祈禱樹林的豐收，祈禱河流的甜蜜，祈禱傷口的癒合。」（〈儀式：詩〉）、「寫作就是一種逃脫之術，透過心智的活動，去達到躲藏的效果——看不見的鬼，抓著交替」（〈繞過傷口寫字〉）。若說有何遺憾待補，應該是〈我感覺……〉一篇中，對夏宇〈擁抱〉跟黃荷生〈觸覺生活〉的「感覺」還是太飄忽了些——當然，這也可能全然只是筆者「我感覺」。

台灣七〇世代比較活躍的論詩人，從一九七一年生的李癸雲以降，到丁威仁、陳政彥、何雅雯、楊宗翰、劉益州、解昆樺、王文仁、余欣娟……每一位從學士碩士博士都算「血統純正」的中文學門人。這次四位八〇世代／七年級生亦復如此，一開始不免令人同樣擔心：共享的知識背景、類似的學術訓練、重疊的研究領域，會不會導致他們日漸趨同與窄化？讀畢《指認與召喚》，我的憂慮已減去大半，還很想替他們願意「閱讀同代人」喝采。台灣固然不缺寫詩人，難道有缺過論詩人嗎？不，我們真正缺的是樂於「閱讀同代人」的論詩人。我也期待七年級論詩人在閱讀同代或前輩、自己與他人之刻，思忖如何用更大規模、更強火力、更不「學院化」的表述方式，延續這場才剛起步的逆襲。

目錄

林餘佐／召喚以技藝 177

趙文豪／

那些名之為詩的

第一首詩的抵達

什麼時候寫下了第一首詩？這件事情的迸發，可能需要一些基因、某個魔幻時刻，以及目的。什麼是一首詩？這些都是龐大的問題，不論是詩評家或創作者，在每個時刻都有不同的答案。什麼是寫詩？我想，就像是「我喜歡你」一句話，可以用一百種表達的方式。在這趟路程，不像GOOGLE地圖從出發點直達目的地那樣單純，我們透過不同的途徑，沿途看到不同的風景，再透過敘事寫實或超現實的技法來處理。

詩是語言的多變與創造，經常作為文學論戰的先導，現代詩人所面臨的最嚴重的危機，便是來自於現代詩的認同與閱讀的疏離感。古典詩的作者能透過追尋前人或典律將自己寫入傳統；但古典詩與現代詩的差異，歷經自我語言的演化，還有許多來自於中西方現代主義的影響。因此，現代詩仍是一個不斷在演化的有機體，不論在創造或閱讀，都重新參與這個意義創造的過程——「什麼是詩？」。為了尋找到一種集體認同的溝通方式，「什麼是詩？」、「詩寫甚麼？」這些問題都成為詩人們所亟欲尋求的答案。透過語言學的概念，可將詩語言視為一種符號，將內在的思想傳達到外在，以詩想的勃發而感觸閱讀者。寫一首詩，好比一種哲學的概念，這些創造或閱讀的經驗來源都是與時俱進的，有些看不懂的東西，到了自己也走進那個階段，突然就能領悟了，閱讀也是不同的再創造，來自於感覺與想像，許多剎那間的魔幻時刻與靈思迸發所激盪而來的。

寫詩跟散文、小說文類不太一樣，一樣的詩透過不同的閱讀者，可能得到不一樣的答案。從理解與經驗的累積，都有了不同的答案。但在許多時候，在少年時期的生命就像一首詩。可能因為愛戀，讓自己的心靈在人生道路上有了碰撞，這也是許多歌曲大多以「情歌」作為百年經典款的原因，打自內心抒發的情感，重新面對自我。然而，隨著面對的人生課題不太一樣，而有了不同的生命經驗或技巧方式，構築成不同的寫作內容。面對書寫，我們也同時在面對另一些問題，或許人生的答案，或許林林總總⋯⋯。

我在前一本的詩集叫《都ㄕˋ有鬼》，可以稱「都市」、也可以是「都是」，是一本比較實驗性的創作。這篇作品寫的是當初剛邁入社會的衝突與矛盾，隨著慢慢走入社會，許多時候都感覺自己的面貌似乎也被擦拭掉了。但到了某個人生階段以後，似乎自己想用不同的方式與經驗來創作，就有了第二本創作的《遷居啟事》，所謂的「遷」，指的是時間、地點的改易，居則指的是居住。如今邁入而立之年以後，我們在固定的時間與物理時鐘，所岔開的方式就是透過「夢」與「詩」的方式，也是詩集封面裡所隱喻的那顆「軟嫩的時鐘」。

回歸到創作一首詩，為何而寫？才是寫作的初衷，不要去預設功用，當然也會有將創作當作工具使用的創作者，但這樣的路徑可能比較短。回歸到興趣的初心，正是最為重要的。面對寫作，是孤獨的，絕非孤單，因為要面對自我的生命與對話，不論喜怒哀樂，所面對的，終究是對於自己的認識與認同。

從詩社的參與說起

大家總說詩人、散文家、小說家。詩，可以群，詩「人」非「家」，彼此好像以秘密的道義集社結黨，成就點燃文學史上的一團火。

在詩社裡，詩友們能夠有良性的競爭互動，也能透過彼此的閱讀視野打開另一扇窗。例如創世紀詩社，由瘂弦、洛夫與張默一起組成的例子；彼此來到左營以後，因為詩而結緣。剛開始，是洛夫與張默兩人有了集社的想法，後來在迎新晚會裡邀了瘂弦加入，而瘂弦後來又與洛夫作為室友，這些詩人相互競爭寫作的進度，相互砥礪閱讀不一樣的書，幾個人又號召外頭的幾個人參與，共同穿越時光、跨越地域，而有了現在的創世紀詩社。

其實不論是任何文學團體，從埃斯卡皮（Robert Escarpit）在《文學社會學》裡所鼎立的鐵三角理念：讀者、作者與書籍，三者間的互動關係建構文學傳播的流通。書寫是「個人」的，因為「作者」的創作行為而有了「作品」，透過自己或出版業、經銷商的「發表」、「發行」、「出版」等輸出行為，將作品導向「市場」，透過市場有形的經濟收入或無形的聲名大噪，回饋到「作家」本身。

然而，所想加入或是如何選擇加入的詩社，無非就是需要動機——不論是想要進步、磁場相合、或甚至有喜歡的朋友在裡面，只要能夠對於寫詩或讀詩有幫助的，都是可以考慮或加入的。詩社就像是成群結邦的詩派，或許各自閃耀，或許擁有共同主張。

在現代，網路的優勢來自於快速簡便，加上大眾媒體的改變，使得閱聽者的習慣轉化，或許地域性的詩社擴展到BBS、網路社群、或電子傳媒 SOS、Media、EP 等媒介。目前在這些過程裡，有許多愛好文學的人透過讀書會、分享會結識彼此，尤其在臺灣的文藝營，讓更多來自不同各地的人結識彼此，例如「然詩社」的組成便來自許多跨校的愛詩人，在《聯合文學》主辦的全國巡迴文藝營因文學而結緣，在課後的晚上裡挑燈談詩。

那是我第一次接觸到詩社，是在 2008 年參加聯合文學文藝營新詩組，與謝三進、鄭琮墿、溫風燈、洪崇德、余禮祥等詩友，在這個場合裡結識彼此，共同開創一個跨校跨科系的平台——然詩社，從在學生變成畢業生（和延畢生），我們圍繞的始終是詩，與彼此的生活。同樣的熱情，在不同的時空背景下亦然。在文藝營除了聽講精彩的課程之外，那幾天晚上彼此聊著彼此的文學觀、以及閱讀的經驗，好像在宇宙裡，能夠彼此有所互動與圍繞的星球。

但回歸到作品創作的本身，如何持續下去並不是容易的事情。面對寫作，是孤獨的，但並非孤單，因為要面對自我的生命與對話，不論喜怒哀樂，所面對的，終究是對於自己的認識與認同。

詩與文學獎

在眾多以文學獎作為研究對象的評論中，現代詩經常是受到矚目的文類之一，而這也是持續可作為學位研究來開展的題目，而本文期盼以過往以三大報現代詩獎（二〇〇五—二〇一三年的「聯合報文學獎」、「時報文學獎」、「林榮三文學獎」）作為研究的經驗來分享。

現今在臺灣可見的發表園地相當多元，平面媒介如文學雜誌、副刊等，再加上數位與網路媒介的普遍，資訊傳遞快速，以敲打鍵盤進行創作逐漸取代過往紙筆書寫的方式。然而，報刊文學獎建立在報業傳媒的影響力與傳播力，透過行之有年的舉辦，並邀請舉足輕重的評審，奠定他們在文壇上的價值與地位。

一般而言，現今經常見到的現代詩文學獎形式可概分如下：一、開放式題材，不拘主題，例如林榮三文學獎、臺北文學獎等；二、特定主題，如星雲獎的禪詩、以愛情作為主題的金車網路徵詩；三、特定對象，例如有學生身分限制的臺積電青年文學獎、中興湖文學獎、X19 詩獎等。在每年琳瑯滿目的文學獎徵文消息裡，二〇〇〇年後的「聯合報文學獎」、「時報文學獎」、「林榮三文學獎」相互抗衡、各領風騷，也因許多地方政府舉辦了文學獎，紛紛解除地方設籍的限制，也間接導致報刊文學獎因此熄燈，或轉型成為承辦其他的文學獎項。

在這些報業文學獎裡，屬《聯合報》最早設立，首先在一九七六年創設小說獎以後，《中國時報》在媒體強人高信疆的帶領下，於一九七八年競相設立「時報文學獎」，並於隔年增設敘事詩獎；到一九九一年，《聯合報》開始附設「現代詩獎」，則在一九九四年正式更名為「聯合報文學獎」。除此之外，在這段期間內，《中華日報》及《中央日報》雖也有設立文學獎徵求現代詩的作品，但都未能長久。在這些璀璨的得獎名單裡，許多得獎者不乏現今文壇裡的閃亮之星，但也有泰半的創作者已經鮮少在創作領域中發聲，在這一連串的徵獎機制裡，是否有跡可循，或許能找到得獎作品的共通點。

首先，在文學獎的選拔裡，是由評審組合去定奪的，在不同評審組合的情況下，往往象徵不同詩觀的集聚；就如同三金獎的頒獎典禮上，所看到的固然是光鮮亮麗，在評審會議裡必定充滿各種立場／觀點／領域的角力與衝突，努力讓各種主觀所呈現出一種客觀的平衡。

尤其，現代詩屬於詮釋權更為寬廣的文類，如何以單篇的作品，通過數百篇、甚至上千篇的作品汰選絕非是件容易的事。雖然決審往往是掌握定奪名次的決定性，而初／複審的淘選往往更具有關鍵的影響。例如，從徵獎的規則來設定創作的「詩形」，例如規定五十行內，就盡量寫滿五十行，或許努力展現各種技巧與意象，以形容詞或副詞作為裝飾語填滿這首詩中，如何能夠在「一面之緣」就能在評審心中留下印象。但是，這樣的作風，也會隨著評審組合的殊異而有所改變。例如，有些評審曾有豐富的參賽與創作經驗，便能用不同的口味去選擇作品，也使近幾年的得獎作品有漸趨簡潔明朗的特色。舉例來說，過去有許多得獎作品運用「致敬」的作法，配合地方故事、外國作家的作品、國際新聞事件來引題的手法屢見不鮮，但真正獲獎最高機率的作品，卻是以「生命與存在」最高，「情愛的企盼與感嘆」居次，往往真正從內在情感出發的作品，也最能打動詩人評審們的心。

知易行難，回到文學獎的初衷與重點，或許得獎能增加自己的收入與文化資本，獲獎與入圍都是一種肯定，但最重要的，回到創作完一篇作品的快活，仍是持續寫下去的初心。

詩的作用論

文學就像有機體，不斷變化著自己的型態，在不同的時代與地域，發展出屬於各自的樣貌；即便擁有相同的名稱，例如後現代主義與其技法，順應著不同的歷史脈流，往往擁有各自發展的生命。透過他人的引介來閱讀，我們就像打開不同的窗口，重新去認識這個世界。閱讀都是「再創造」的一部分，因為不同的生命經驗，尤其現代詩本身斷裂與跳躍的性質，後續的回饋更是大相逕庭。

然而，在災難發生以後，我們經常能讀到許多以此為題材的詩作。當然，這些歷史現場，通常沒有人願意再見到，但當這些經驗與傷痛出現的作品，傷痛詩通常都具有社會現實的關懷面，也容易去喚起人道精神與普遍的共鳴；但太濃烈的情感，是否與原先文學裡的藝術性及語言效果產生阻礙？如何去抓到一個好的比例更是不容易的。

讓我們試以佛洛伊德（Sigmund Freud）的精神內在分析，所提出三種基本人格部分：本我（id）、自我（ego）、超我（superego）重新去探索這樣的作品。文本底下的潛意識，如果要全然發現是不容易的，但因為傷痛的發生，所大致出現的兩種情況：下意識的防衛與壓抑、面臨絕望的崩潰。在前者，通過「本我」與「自我」的協調，可能通過特定的誘發情境才會產生後者的情況，但大多數都是外表看似正常的情狀，能夠在作品裡使用主觀者的視角，以溝通的方式將讀者帶至同一個立場，或客觀者的第三人稱，還原歷史現場，敘述這份被撕裂的傷痛。但面對到所謂「絕望的崩潰」，這時寫作者要面臨的問題便是前者提到「意念先行」

的狀況，在許多因災難而發的傷痛詩，往往內在情感詩想與外在的形式語言如何取捨，便是兩難的問題。當然，我們能夠透過書寫，勾勒情景與畫面，試著在語言帶來音韻效果等，但面臨生命意義的追尋與存在價值的探索，便往往是在「超我」的階段，從療癒之外，轉化災難的傷痛，昇華到發掘人性光輝一面，並經常蘊含「重生」的概念；許多時候，這些作品更適合作為一種工具，透過朗誦去宣揚，但當創作面臨「讀者」的提前介入，也會影響在這首作品書寫時的形狀與材質。

文學就像有機體，難去定論某個標準答案，非常單純的一個概念，我們就能有成千上萬（甚至更多）的說法去定義、解釋、爭論。在最近許多廣為流傳的詩體，經常有所謂「厭世詩」的稱呼，有些能夠以引起共鳴的生命經驗，迅速打入讀者的心中，姑且不論經過時間淘洗後的留存，這些作品之於文學，或者也正是語言在不同的時代裡所擁有的不同功效。不論那些詩作是單純情感的抒發宣洩或尋求某個解決之道，回應到此文所談的「作用性」，終究是回歸到人的內心，並且這些作品在社會的體現及感觸，或也象徵當代社會意識型態。

詩的自發論

在上回〈詩的作用論〉，談到他們的功用，尤其是對於特定社會事件的迴響，並能讓這些作品充滿能指性。在前文末，仍回歸到對於創作的自發性，因為有感而生，回歸到情意的抒發。

單純來說，情感是創作最基礎的要素。例如情詩、情歌，都是在詩歌裡歷久彌新的經典款，從暗戀、失戀到熱戀、甚至親情之愛等，這樣的素材屢見不鮮，但如何把他們寫得動人，如何能將這份深刻的體驗表達出來，有時甚至凌駕於創作的語言技巧。然而，創作也絕非僅是有靈感便能振筆疾書，這除了魔幻時刻的召喚之外，往往閱讀經驗便是在這趟創作旅程中的重要養分。

有意識的閱讀就像是蟄伏的書蟲，在提筆寫作時所使用的詞彙、氣質，或多或少都會有片面的影響。這也是經常我們在讀某些作品之後，不經意的會有那樣的面貌出現。而這樣的書寫，是否究竟有規範需要遵守？對於已有豐富經驗的創作者來說，有時就是將一個不吐不快的話寫出，不必在意他的模樣與姿態別人是否會欣賞。但順帶一說的是，有時靈感的驅動太過強大，可能壓垮語言本身的質地，諸如在午夜夢迴時飄過的一條句子，往往會產生經典名句的錯覺，因為意念太過強大，反而不適於放入文內，又或還未擁有適度剪裁與調度的功力。

回到在創作的旅途裡，往往從吐出隻字片語開始，慢慢有了句子的輪廓，開始懂得經營，逐漸擴大成篇……。在走過幾個山峰之後，我們往往發現許多的創作者在閱歷風景之後，回歸到語言精短、意義微妙的小詩，例如辛牧的《問魚》詩集，不論是出入於日常或社會事件中寫出人世情理，都夠以詩人的細膩溫暖或幽默諷諭，能夠看見詩人不斷地使自己的語言改變，帶出截然不同於前行世代的面貌。例如在〈問魚〉一詩中：「問魚／快樂嗎／／魚回我／一個泡泡」。乍看是拆開都能理解的詞彙文字，但這個泡泡卻是照應著我們的內心。當我們不斷透過追尋，用盡力氣透過不同的窗口看見世界，終究回歸到自己的內心。隨著回推到對於創作初心的詰問。所謂的「魚」，究竟是自我在玻璃前的投射，或者貌似現今「電腦敲打時代」的滑鼠，透過敲敲打打取代一筆一畫的書寫，滑鼠游標的點擊，就像是沒有回聲的泡沫。

創作離不開作者、媒介與讀者，而這三者的基本關係便架構著文學場域，使各種隱藏的權力與資本，或多或少在人際網路中影響著彼此的地位。有許多緣情而發的創作，也可能因為時代環境與生活際遇的不同而未能立刻讀懂那些作品。等到有相當的閱歷，當生活經驗能契合著閱讀經驗時，許多作品的味道與細節才能全然被閱讀者接收。我們能夠順著潮流書寫，而也有些詩人透過創作去實踐自己的詩意志。例如許赫的《囚徒劇團》，看似生活時事的切片，透過語境的蓬鬆，看似帶著讀者笑，但許多喻味卻是笑中帶淚，在一萬首詩的旅途裡，他面對著不只是創作的孤獨，也是面對生活現實的巨牆，在「囚徒劇團」一連串以相關相融的物件，如演員、語言、氣球、童年、存在的劇本等，以詩作再現生活的荒謬及妥協。最為重要的，是他持續用書寫對抗世界的換喻與意志，這些都是值得不斷回望的作品。不論如何，創作的行為或模式，都可能會影響著下一個人如何去寫。或許不敢篤定什麼時候會遇到最滿意的作品，但唯有寫下去，持續在這條路上，學習忠實面對自我。

延伸閱讀：

辛牧，《問魚》（臺北：斑馬線文庫，二〇一七年六月。）

許赫，《囚徒劇團》（臺北：斑馬線文庫，二〇一八年六月。）

詩人的敏感度

「什麼是詩」、「什麼是好詩」，這些問題拋出來，我們都有不同的答案。或許通過美學的檢核、詩觀的驗證，因為彼此殊異的閱讀經驗與生命歷程，我們確實能夠擁有不同的答案。但可以確定的是，這些都是現代詩需要不斷去面對的問題，透過創作實踐，透過論辯砥礪，儘管最後仍沒有一個標準答案，卻可得出一個當代主流的詩觀。而假以時日，伏流的意識又將取而代之成為主流。

舉例來說，詩所要面對的是語言的變革，古今許多論戰都從詩開啟。詩人們就像一團齊聚的火，或許詩人不會只因為參與過詩社而留名，卻因為彼此相互照映與競爭的詩作，進而留下自己的詩人之名。然而，相似的過程也出現在文學獎的盛宴之後，許多著名的作家透過文學獎讓讀者認識，但最重要的是如何持續寫下去，不斷突破，去翻越為自己高築的牆；文學獎可說是一種管道，讓傳媒的編輯與讀者去認識的方式，但往往也可能成為作者最自己所建構的牆，若沒辦法去翻越先前的高度，有時就無法說服自己持續走下去。終究，在書寫的過程所要面對的是無盡的自己——在成長過程中所不同的自己。在青春正好的時刻，內外在碰撞的掙扎，經常成為想抒發的內容，在那個時刻的百感交集，許多青年詩人隨手寫下一段，便是後來的自己再也難有的靈思時刻。

「什麼是題材」、「如何選擇題目」，便開始成為想從「有」到「好」的創作過程，從萬年經典款的情詩到時代環境的感思，由個人情志邁向生態議題、政治議題等……去挖掘問題。但在這個創作的過程，將面臨是否意志先行的選擇？是否有預期的讀者？選擇超現實的技法或更容易使讀者讀懂的寫實筆法。

至於靈感是如何召喚的？詩人林達陽曾有個妙答，就像「印地安人的祈雨舞」，「他們的祈雨舞總是最有效的，因為他們會一直跳……一直跳……直到雨下下來」。對於有經驗的創作者來說，除了保持閱讀的習慣外，對於創作本身所擁有的信心或信仰。當然，閱讀不分書本，風景、畫作都可以作為閱讀的對象。

以上，都是面對創作時可能面臨的階段。更重要的是，如何透過詩作表現出自己的味道。以本博士生專欄的三位詩人與發起人最近的詩集為例——在崎雲的《無相》，看到生命的困厄與圓轉，眾生世間在生命的斷片裡折射出因果的光；在謝予騰的《浪跡》，讀到了詩人的瀟灑，如一艘已行遠方的船；在林餘佐的《棄之核》，納含著生活與遷徙，以抒情的語調作為時光命題。在許赫的《郵政櫃檯的秋天》，用故事詩的型態，用言說、論述，走進你我的生活周遭，持續帶著讀者笑，而笑中帶淚。對於在下而言，詩是一種生命，或者藝術品、或者情緒紓解、甚至生活切片；詩的姿態，相當於你我的生活之中。

詩的語言與情感

在上周末登場的大學學測，不只是應屆考生與老師關心，也引起許多各科目相關領域的人士關注。國文科自去年展開變革，選擇題與國文寫作（非選）各占五十分，在題型部分，「選擇題」照舊為單選與多選，「國寫」則以理性、感性個別分配二十五分。然而，在今年公布成績以前，國文已連十一年沒有滿分，在去年的國寫，單篇最高分為二十三分。

去（一〇七）年學測國寫入題的楊牧詩作〈夭〉，許多考生接受媒體採訪時紛紛表達反應看不懂這篇詩確切的表達，甚至不知如何來能寫出「標準答案」。但是，這就需要回歸到文學真的有所標準答案嗎？這已經是老生常談的問題，在今（一〇八）年的國文學測選擇題，閱讀素養類型的題目佔了許多，甚至有許多邏輯辯證、意象結構的考題。從現在的教育現場再回望到現代詩語言的創作，我們能夠看見時代氛圍的環環相扣，創作「為誰而寫」、「該怎麼寫」、「什麼是詩」……不斷是創作者所需面臨的課題。

現代詩看似沒有格律限制，卻在創作時為此創作規則，每一次的創作都將這個文體賦予生命。因此，現代詩經常作為語言的變革，他們直面和「語言」產生碰撞，所擦撞出的火花，例如一次次的論戰、文學變革，象徵著文體的演進。每個人透過不同的創作歷程，逐漸對此產生一定的準則，即便對於詩的認定，或寬或鬆，都擁有不同的看法，但通常有個共識——詩語言與散化語言的界定。

同樣的，我們也能在學測國寫的情意題範文找到類似的例子，詩化的語言、暢達的文辭，往往能在千百篇作文試卷中脫穎而出。如俄國形式主義批評家什克洛夫斯基（Viktor Shklovsky）所提出「陌生化」（反熟悉），在一片習以為常的常情、常理中，通過內容、形式的設計，去除熟識性，並帶來驚奇的效果，產生讀者在閱讀時的逗留；也透過這個陌生化的設計，依照不同的經驗，以及詩語言的斷裂與連結，便能召喚出讀者不同的閱讀感受。接著，我們能夠以詩人小冰〈幸福的人生的逼迫〉為例，持續反思詩語言的界定：

這是一個詩人的教堂上
太陽向西方走去我被拋棄
可信的蛇會做雲層魚的聲音
聽不見聲音的天氣
若近是語言文字的藝術為自然的國人

待從我的心靈
幸福的人生的逼迫
這就是人類生活的意義

關於小冰，是亞洲微軟互聯網所研發的人工智能AI，透過上萬首詩詞語言的輸入，投入演算法而輸出各種的作品。讀詩是一件非常主觀的事，在作品裡我們不乏能夠掃見亮眼的字彙，這是能夠產生一股旋風的語言。再以林燿德〈交通問題〉為例：

紅燈／愛國東路／限速四十公里／
黃燈／民族西路／晨六時以後夜九時以前禁止左轉／
綠燈／中山北路／禁按喇叭／紅燈／建國南路／施

工中請繞道行駛／
黃燈／羅斯福路五段／讓／
綠燈／民權東路／內環車先行／
紅燈／北平路／單行道／

在作品裡，詩人林燿德所謂的「交通」，就是「政治」。在意義與詩行不斷透過回繞來呈現，謎語的線索來自於紅綠燈號誌的提示與後面的敘述，像是「紅燈」代表的愛國限速、建國施工中、北平路單行（單向服從，沒有雙向溝通的空間）；「黃燈」象徵的民族、宵禁、甚至禁止左傾思想，以及禮讓美國（羅斯福）；「綠燈」以中山北路、民權東路指涉三民主義等。這部作品面對歷史感與意識型態國家機器的審核，是後殖民與後現代結盟的典型創作，在詩作裡暗藏的線索，表現出「後殖民」抵抗威權帝國主義，與「後現代」所消解的正統學說，並且發展出跨國的國際觀，形成新的臺灣想像。

面對寫作，終須回歸到單純的本意，才是能夠走得比較長遠。但由於不同的寫作目的，根據策略能夠有不同的目標對象與寫法——如果是面對文學獎的審核，或許挑戰評審的品味與美學觀；針對考試的評分，或許改題的老師就是這篇文章的目標讀者，則須合乎考試規則並拿取高分；如果是面向自己，作出情緒的抒發，文章的成形就是自己的靈魂與血肉。

新詩與現代詩

在上期，林餘佐的〈語言的未竟之處〉，詩人寫到了「疼痛」，「這種痛感深埋在底層，深藏在語言之前；文學遊走在日常語言的空隙，像是透明的魂，找縫隙附身，說出乩童一般的天啟。」然而，他在《棄之核》裡，以遺棄為核，面向作品，同時也面向我身，從物件去捉摸其隱喻的迂程。

同是訴說一件事，就有各種說法，從語言的擴散程度，詩包羅萬象、變幻叵測。說回對於詩的定義，自然每個人都在心目中擁有不同的答案。詩是名詞，也是動詞，在書寫間我們如何看待其作用與語言，都成為認識的要素之一。

現代詩大幅度改變敘事的傳統辭彙，例如發生在一九七〇年代的現代詩論戰，經常被視為鄉土文學論戰的前哨，尤其論戰更是資本場域的爭奪與文化認同的碰撞。陳芳明於二〇一一年出版的《臺灣新文學史》，從後殖民文學史觀出發，將西方思潮的「寫實—現代—後現代」轉化為臺灣版的「現代—鄉土寫實—後現代」。固然作者的史觀與選材都有其意識伏流，作者認為這兩次論戰基本上都是臺灣作家扭轉偏頗的官方體制時，所出現的思想鬥爭，隨鄉土意識的抬頭，在這時候所誕生的文學創作，表現出來的本土精神與現實主義更加顯露。

乍看是一種語言，在論爭裡便頻繁使用二元對立的辯證（自我／大眾、現代／現實），複雜的語言便說明臺灣糾葛的歷史社會脈絡。或許我們值得再去留意，以詩為主的縱串中，橫切面廣泛的涉及地域裡的政治、思潮與流派分野的認知，從「新詩」邁向「現代詩」，釐清的方式可從語言、民族，甚至表現的自我比重來處理。

對於現代詩的稱呼，來自於一九五六年紀弦領導的六大信條，提倡橫的移植。一般而論，「現代詩」與「新詩」的脈流不可視同而論。臺灣最早的新詩來自於一九二〇年代初期，筆名追風的謝春木發表日文詩歌〈詩的模仿〉四首。後來在中國五四運動後的白話詩，張我軍的《亂都之戀》承其源流，同時為漢文新詩的代表作品。筆名水蔭萍的楊熾昌，是臺灣新文學提倡現代主義的先驅，引進西方的超現實主義，透過西脇順三郎、春山行夫等人影響，許多抽象卻鮮艷的詞彙，留給讀者強烈的印象。透過與李張瑞、林修二等人合組詩社，企圖以《風車》嘗試帶入文學的新風潮。在此要注意的是，《風車》並非詩刊，當時也只發行了四期，不能說是多麼普及而流行。但這樣的語言態勢，卻影響了往後張彥勳、林亨泰等人的銀鈴會，間或延續了水蔭萍當時所帶入的技巧與潮流，成就跨越語言的一代。

水蔭萍在現代性的自覺裡，追求詩的純粹性與藝術自主性，並且提倡新現實主義。看似斷裂的現代詩歷史，其實藕斷絲連的存續時至一九五〇年代，紀弦籌組現代派，提倡新詩的再革命，同時發揚光大自波特萊爾以降的新興要素，以現代主義作為主軸的現代詩，強調詩的純粹，挖掘自我的內在，取代了大眾品味的喜好而作的動機。

以「自我」作為現代主義的核心，作為現代詩的主軸，到一九七〇年代臺灣農業社會轉型的氛圍，退出聯合國、保釣等一連串高壓的政治事件，許多批判的目標如關傑明、唐文標等人，便針對詩風過於模仿西方現代詩，具有逃避現實的傾向，對文化的歸屬感提出質疑，以傳統代言民族，反省現代主義的影響。

許多文學史觀為了梳理分類，大多以十年一期的方式去劃分，也通常是許多接觸到文學史所面臨的入門磚。固然對於詩的定義不可一概而論，對於其發展的時間也會擁有不同的詮釋，值得我們深思的是，重探透過裡頭的眾多糾葛，包括對於思潮的引領或抵抗，甚至是捨棄了新詩、現代詩的詞彙，不斷在構築／打破且持續蔓延下去的詩史。

引申閱讀：

現代詩論戰，《臺灣大百科全書》

http://nrch.culture.tw/twpedia.aspx?id=14663

陳芳明，《臺灣新文學史》，聯經

張雙英，《二十世紀臺灣新詩史》，五南

楊宗翰，《逆音：現代詩人作品析論》，新學林

交點／焦點：現代詩批評的閱讀

在上篇〈新詩與現代詩〉一文內提到，新詩在日治時期的三個脈絡，一是由追風以日文創作《詩的模仿》開始，到水蔭萍的日文書寫；二由張我軍引介的白話漢文書寫，《亂都之戀》為首部漢文新詩集，三是賴和、楊華嘗試臺灣話文書寫。在文本書寫的語言，就有日文、中文、臺文的糾葛，表現有現代、寫實、超現實等技法，又參雜著國族與政治認同的對話與衝突，這些異化與衝突，讓新詩到現代詩的演化，創造獨一無二的價值與生命。

時至今日，我們能透過很多種方式去認識現代詩，或許是媒體，關於人的部分有一些記錄片可以觀賞，例如目宿媒體的《他們在島嶼寫作》系列記錄影片、《日曜日式散步者：風車詩社及其時代》等，從人作為中心，再作發散。又或者如頗具網路聲量的（非經營個人）的 IG 像《Stay Mild》等，FB 如《每天為你讀一首詩》、《晚安詩》等，我們能夠透過媒介的分享效應，再去認識詩人、詩作，或者切入的不同面向。當然，我們透過經營者或經營團隊的口味，而能獲得不同的滋味。用同樣的理念再去看副刊、文學雜誌與詩刊，除了編輯所特製的主題之外，來稿者的風格、詩作篇幅、甚其象徵資本。如何獲取關於現代詩的資訊，我們還能透過其他專著的部分，這部分可再分作詩人介紹、詩作品論、詩社比較等，而始終缺席一種能夠服膺大多數詩人的臺灣現代詩史。關於文學理論與詩人的部分，我們能夠看到孟樊在文學理論的導引與介紹，在《當代臺灣新詩理論》，以西方的文學批評理論而系統的分條梳理，在《臺灣中生代詩人論》則以詩人作為中心，從作家風格延伸到外圍理論的切合。而柯慶明出入古今，熟稔於古典美學及歐美當代文學理論，對於批評觀點的掌握，經常著眼在作品裡的「衝突」，傳達內在被美感化的情懷，化用柯慶明在「中國古典詩歌本質的美感規範」化作四大範疇：詩言志、神韻詩、格律詩、格調詩。在內容上的「言志」、「神韻」，大致以倫理關懷作為區辨而產生擺盪，例如李白的「舉頭望明月，低頭思故鄉」名句，對於明月的詮釋，帶到「人們為什麼要離開自己的故鄉？」所以就必定會在兩端之間擺盪，一個是理想而迢赴遠方，一個是代表親人與生長的原鄉（故鄉），在衝撞的視覺與心念形象，創造形式上不同的空間；而「格律」與「格調」屬在形式上的組構，經過數千年所積累的體系傳統，成就了實踐上的合理性，溯其根源，也讓人醒悟若需闡明現代詩史或新詩史，或許就要找到一種史觀，即便是貼近烏托邦式的結構，便須有一種超驗性的理想型態去詮釋。

再看到楊宗翰在最近的《逆音：現代詩人作品析論》，承接著過往的《異語：現代詩與文學史論》，對於文學史編寫的權力運作與策略軌跡，作者一再強調的「我們」，在上一本的《異語》繞過了霸權思考，以長期研究馬華文學與菲華文學的經驗為例，重整臺灣文學的脈絡與框架。於《逆音》中，在當代詩史中的連續性與主流化約提出質疑，「尋找當代詩史中「逆音」的存在，作為對一致性與進步說最有力的抵抗（resist）」，從現代詩中的古典意識、現代抒情、跨界內外與陰性想像、鄉土與少數主體，與網路世代等層面的議題出發，在詩史或一般觀念經常被「一概而論」或「被合理化」的斷裂處，不論是透過議題現象、詩人與其作品、甚至詩社史，都能擁有在細節罅隙的地方，擁有自己獨具的眼光。

打破語言的慣常

詩經常是帶領語言的先鋒，創造出鮮活的詞彙，或者反映出所想要表達的情緒與生活，或者發揮呼告或號召社會的功能等。倘若全程為平鋪直敘的表達，或許簡單明瞭，較不容易讓讀者的眼神停留、咀嚼再三。

無獨有偶的，有些詞彙經常為詩人所好，會在同一個人手中反覆而慣常的出現，而有些則是會在不同人的手中，發揮在詞意之外其他詮釋的作用。在二〇一〇年第三十二屆聯合報文學獎新詩大獎的得獎作品，為林達陽的〈穿過霧一樣的黃昏〉，此詩從詩名的輕巧迷離、複沓的詞彙，形塑出作品的音樂性。如同題目裡的「穿過」，可以是「穿過霧一樣的黃昏」、「穿過風雨的洗劫」、「穿過敘事的歧路」、「穿過日子的攔阻」，甚至「黃昏穿過我」……不斷的穿過，不斷移動的時間，追懷往日的趕路者，說明對於遠方的執念與轉折，並象徵對於過往時間的省思；也如同當時評審所指出「氣氛迷離的抽象意念」。順帶一提，當年評審席慕蓉後來以〈生命的撞擊〉一文也作為林達陽《誤點的紙飛機》的序。

以「穿過」為題，游書珣在二〇一三年聯合報文學獎新詩大獎獲獎的〈穿過葉尖的名字〉，寫的是對於新生兒的喜悅與期待，對照自己年華走去的哀愁。如此細膩動人，將生命的新生產生親密的情感勃發，正出自於即為人母的女詩人。所謂「穿過葉間」，從大自然看似細微渺小的生命，其實卻是強韌而活潑的。那個「名字」，則是預敘新的生命所即將來到的期許：「散步時我想著你，此刻安睡於／我隆起的腹部，一個空著的括弧／等我填入全新的名字」。「我翻閱手邊的野草圖集／語音一節一節」，而這就像是讀出各種植物名稱時，口齒擦撞間的風，「是在葉上／逐一簽名又遠離的風，還是從我嘴邊碎落的／呼息韻腳？」」順勢帶出親情的勃發。最後，作者已想像到孩子逐漸長大成人，從「蔓生腳邊」的小苗長成一棵大樹，只是自己即將年華老去，將生命的過程精細的濃縮在一首詩中，文字、布局各方面，都很完整。

「穿過」不只是一個動態的詞彙，它象徵過程，它在語言的新鮮感，經常能帶來移覺的效果。中國詩人余秀華的《穿過大半個中國去睡你》、于堅的《一枚穿過天空的釘子》，前者寫出愛與性的疼痛，甚至挑戰傳統禮教，後者則可看到對於人生的反詰與執著，兩者都以濃烈的個人魅力，從詩的視野裡帶讀者重新去看待慣常事物的異端質地。

再看到鯨向海的「穿過窗外驟雨／我的意志是清楚的」，這個〈鍛鍊〉出自於心靈，出自於意志／抑制的抵達，直到最後，「把啞鈴擺在胸膛上／把你擺在心上／鍛鍊就開始了」，這個脈絡是朦朧的，通過文字的澆灌，透過重新的拆解、組合，語言就此產生全新的生命力，以隱喻、補述、呼應的方式，不斷活出鮮活的解釋。

詩的第一門課

對於詩的定義，每個人大多會擁有不同的見解，這不僅是閱讀與生活的經驗反映，也往往成為語言變革的先發部隊，許多論戰的開端往往離不開詩，例如唐代元白提倡的新樂府運動與韓柳發起的古文運動，彼此相互應和；一九七〇年代現代詩論戰作為鄉土論戰的先聲。詩在時光長河淘洗之下，歷經傳統到現代，甚至在不同的地理環境中，發展出自己的面貌。

對我來說，詩是一種生命，或者藝術品、或者情緒紓解、甚至生活切片；詩的姿態，相當於你我的生活之中。一句我愛你，可以有一百種表達。而同樣的起點與終點，隨著不同的路徑、時間與方式，我們能賞閱到千變萬化的風景。

回顧過去在這一系列的議題，從第一首詩的抵達，「如何寫」一首詩、到「寫出什麼樣」的詩，進而找到詩能「作什麼」，甚至以年代變遷為軸，橫跨社群集聚的變遷，重新認識透過文學史的角度去理解。

詩人的「人」，有別於散文家、小說家的「家」，人聚集一起便成了眾（众）。經常看到詩人透過結社與詩刊，彷彿用熱情燃起的一把火，在某個世代為新的文學定義找到方向。甚至在詩史的脈絡裡重新驗證「新詩、現代詩」名詞定義的不同，如何為自己的詩觀下定義，也成為一位創作者需要修習功課。

然而，在〈詩的作用論〉與〈詩的自發論〉兩文內，詩可以作為工具，透過傳播的力道將理性與感性的依附，以此作為極深沉的呼籲；但我們現今經常能夠看到許多詩透過網路媒介，能夠快速打進許多人的心中。昔有王逸少在《蘭亭集序》所言「後之視今，亦猶今之視昔」，我們身處的時空背景有所殊異，但那些生命經驗的疊合，那些深植於內心的感動，便來自於那些深刻情感的描寫得到共鳴。

爰是，再看詩的敏感度，我們學著如何從語言和情感中去選擇，許多經常在午夜夢迴時得到的句子或靈感，當想動筆時卻是一閃即逝，或是覺得與意想中的成果還有段距離——那個距離，可能便是來自於那份企圖已經遠遠超過創作的本質。因此，許多時候太想要創作一首舉世無雙的作品，往往在特意強求的企圖中，詩的生命便已亡佚。關於寫一首詩的企圖，也探討〈詩與文學獎〉，在美學與權威的疊合與殊相中，文學獎是一種行動，也是一種現象；文學獎一路從官方舉辦到報業、財團企業舉辦，也有許多地方政府、校園，甚至集資辦理。文學獎的面目，從到一首長詩、數首短詩、甚至一本詩集的集合，如何在這樣的軌跡中，維持著那一份初心，面對創作、面對自我，終究是對於自己的認識與認可。

最近經常在學著「自在」。在以前我們通常可以肆無忌憚地做自己，等到了某些時刻以後，那些獨一無二的齒輪隨著社會化的不斷磨合，或許失去了一些自己，好比許多人紛紛在中年後說要「找回自己」。在那些過程裡，有好有壞，但就像對於好壞的認定，極其主觀，但感受卻盡在自己裡頭。在這條對於詩的追尋，我們必須持續努力前進。

崎雲／

幻肢與幻技

在虛幻之中自我詰問的證據

「詩是什麼？」

前陣子收到了一封訊息，訊息的內容，大致上在說明如何加入傭兵的行列，全篇文章煞有其事，唯一的缺點，大抵就是文字讀來生硬且極度不流暢。即使如此，我還是好好地把那篇文章給讀完了。因為我在想，如果這是一篇文學作品，它的缺點和問題到底在哪？除去作者本身的資訊不論，為什麼這篇文章無法取信於人？是因為敘述太破碎了，句子與句子之間的語意和脈絡並不連貫？還是因為他沒有向我說明為什麼會發這封訊息給我？甚至，會不會是最後的索錢之舉，目的太過明顯，而使我產生警惕？

我將信讀完，還有另外一個原因。是我相信一切文字都有其虛幻性，而在虛幻之中，世間的真理與本質便如實在彼。無論是否是這個詐騙的故事，或是其餘一切「編造」出來（或經刪減修飾、想像造作）的文學作品，都是作者透過文字來完成其表述的目的，透過相關意象來塑造一個獨特的、私有的、完滿的文學想像空間，邀請讀者進入其中，順著寫作者的引導，來到他為我們所設定好的幾個出入口前。走進去，走出來，是否能夠順利領會到作者的情意，是否能夠被說服、相信，乃至感到自我生命經驗的被召喚，有所共鳴，大抵，還是取決於作者所選擇的表述的方法及其掌握的程度。

若要詢問文學是什麼（或者讓我們再更精確一點的聚焦於某一個文體：「詩」是什麼），我也許會試著這麼說：「（詩，或一切文學作品）是迴避與直面世界的方法，是精巧的詐術與技藝，是幻術的操演，從而能使回憶再現、預言提前；是對真相的揭露與遮掩，對記憶的改造和撞擊；是對時光如川流而不甘隨之浮沉的消極抵抗，也是對靈魂傷口的一種辯護、撫慰與催眠。」這是我嘗試對詩歌作出解釋，然而，關於詩的「判斷」有這麼多，不同的人有不同的主觀解釋和附會，然若我們再進一步，每個句子前，加個「不」字，否定前述對於詩的判斷，產生了新的質疑，反覆推翻自己，有沒有可能更接近那背後的答案？想來可能也是否定的。

「詩」是什麼，像一個「人」，其形體、外貌、器官、演化等有其在生物界中的歸屬，但其人的「精神」，則放在哲學當中做討論。外在的形體是形式，是文體分類判斷的依據，至於內在的精神，則由不同的創作者自行賦予。近年來，臺灣新詩爭辯不休的問題，常使我莫名聯想到宋、明兩代理學與心學其所延展到文學上的論爭，簡略且粗糙地被認識為復古與性靈兩派。兩者都對人之精神（或某種崇高的道德嚮往）有所認同與追求，只是取向不同，對於雅、俗之文學作品分判高下的方式和立足點不同，更別說明、清兩代以來，文人間大量流行的《詩話》了。不同人，不同時代，對於「詩」，都充滿了各種想像。

沒有人可以判定真心的價值，但也不代表此足以成為寫作者拿來捍衛自己的作品在面對批判時，以之為是不是「詩」的後盾。詩論評中所談及之「好」或「不好」，關切的都是表現的手法、主題的深入、哲思與情思的挖掘、藏與露、婉轉或直截，回到一般讀者的角度，「好」或「不好」，最基本的大概還是來自於是否能夠得到共鳴。而詩作為一種文體，即如同其他文類一般，有其在學術上被分類的標準存在，換句話說，有幾種被創作群體或學術研究者普遍認可的「詩之模樣」，即使，這個「詩之模樣」也不斷在演變之中。

什麼是詩，什麼不是，在這篇文章當中，我想額外岔出一個問題，是創作的過程有沒有可能隱含著一種「到不了」的崇高性質。會這麼說，並不是在此將要論定詩是一種崇高性的存在，所以它的「小眾」是必然，所以它是「菁英文學」，所以「雅」才是詩之正宗。有時，以上這些絕對的價值判斷，反而是危險的，過去是的，不代表現代也是；過去不是的，也未必在未來不會產生改變。在這篇文章中，我要問的，是文學創作的過程，其所昭示的，有沒有一種可能，寫作不僅是創作者於自我內在心靈或生命經驗中反覆探勘、挖掘後，經選擇、組構而成之文字呈現的結果，同時，也是寫作者「書寫不了自己」的證據。

藝術家高俊宏曾於《陀螺》一書中提到：「文學所開鑿

者，也不在於我們指證歷歷地書寫了什麼東西，而是我們因為書寫不了所產生的摩擦、火花過程。」。這是文學的魅力，也是將目光移往作品之外，看見那些創作過程中的阻礙，看見那些被掏洗或被暫時被丟置的「自己」的一部分。所以什麼是「自己」？什麼是對於「自我精神」的全副把握？進而當你問我「詩」是什麼？答的可以是真心，是情思，是節奏，是修辭，是技術，是意象，是切入角度不同的各種定義，是對我來說，是中、西詩學各有脈絡；是掙扎，是傾訴，是對抗，是躲藏，是指南，是揭露，是批判，是哲思之靈光出於心思焰焰中，是總的來說，以上皆有，但分開來談，卻不是以上皆是。

是在虛空中，不斷衍伸、變化之物。如塵與鑽，在於密度，及其所折射出來的光。

你一直致力的風格不是你的命運

曾經在一部喜劇電影裡聽過一個富有哲學思考的理論：「你的生命是條長河，如果你一直致力的目標不是你的命運，你永遠是逆流而行的。但你會無數次的追尋、思考，找到屬於你自己的命運，這時候，生命的長河，就會送你去該去的地方。」這段話聽起來很「佛系」，消極中有積極，乃至於十分宿命論。在這樣的思想中，唯一能做的，似乎就只是讓「目標等於命運」，如不斷轉動收音機的調頻之紐，在一片沙沙的干擾聲中，找到一個自己所青睞的清晰的聲音。如果我們暫且將此理論放在文學創作上來檢視，將句中的「生命」改替成「風格」或「創作歷程」，似乎亦頗貼切。

某個層面而言，詩確是詩人坦露自我生命態度的表現，乃至當生命經歷與創作歷程合二為一的時候，我們似乎也可以十分浪漫地下一個比喻，向眾人宣說：「我的生命就是一首長詩」，乃至於更進一步，說「詩即是生命」、「詩即是生活」。但這樣說，只是提示「詩」具有「生命」、「生活」的特質，除了使旁人領略到個人詩觀上的高深，對於詩的理解，仍然讓人摸不著頭緒。究其原因，乃在於「生命」、「生活」是在創作上的角色，更偏向於意象庫、素材庫，隨時間流逝，生活的一切作為終究抵定而不可逆，有若一首詩的發表，其嚴厲在於無法修改，其殘酷在於可能殘缺者多，美的只有片段。

於是我想起前陣子由「詩即是生命」一句所衍伸出來的讀者提問：「如何在詩中形塑個人風格？」，這樣的問題對於寫作者而言總是長年的焦慮，對於前行者之影響的擺脫，對於足以供他人辨識之自我風格的創造等，是很多寫作者都不斷會面臨到的自我詰問。對我來說，「風格」只是「面貌」，既然是「面貌」，那麼就是天生的形狀（喜好），加上後天的發展（經歷、閱讀、創作、修改）而成。每一個人因為閱讀偏好、生活歷練、成長環境不同，創作時選用的語言和方式自然各有特色與差異，這些就是面貌、識別性、風格的來源，更別說風格是會轉變的，生命歷程裡不同時期的風格勢必也會有所不同。初時或許會有偏好的模樣，有特意喜好模仿的詩人，但到某個時期應懂得融會與變化，重新檢視自己藉由詩此一文體所欲關注的對象為何，又應當如何表現。

風格當然也關乎於我們選擇使用的意象、結構、造句的方式，就像一個歌手，可能他的嗓音和所擅長的技巧適合唱ROCK，但不適合唱 BOSSA NOVA。如何得知自己適合唱什麼類型的歌，一定配合著興趣和喜好加上嘗試之後，順著自己天生的感受度來表現，那便是風格的所在，但是在一開始，不會有一個 FOLK MUSIC、R&B 或 BOSSA NOVA 的風格在那邊等待我們自己對號入座。我們要記得的是文學理論產生於在於文學作品之後，一樣的，作品的風格則是來自於作品完成之後整體集結時所構組而成的整體樣貌。

於是說到這，我便想起前面所提及的「詩即是生命」，如果再加上幾個字，使之成為「『詩』即是我人格特質的顯現」，似乎爭議性就比較小。我又想起開頭所提及的喜劇電影所說的：「你會無數次的追尋、思考，找到屬於你自己的命運，這時候，生命的長河，就會送你去該去的地方。」，這段話看起來十分佛系，但也明擺著說，面對生活（或者寫作上的各種瓶頸與突破）我們仍要努力！

其他玩具的快樂，也曾是我給它的

年輕時很愛唱歌，也曾到電視台比賽和錄影。

當時到朋友的錄音室錄音，當一首歌第一次唱的時候，因於某些觸發，不意召喚出過往的生命故事，感到情感豐沛，難過處也流淚。然而當事後冷靜下來聆聽成品時，卻發覺整首歌充滿缺陷——走音、不穩，氣不足而使得情感無法隨著延續。之後的第二次、第三次、第四次，每一次透過細節修正，使得整首歌錄起來越來越完整，然而也因為短時間一錄再錄，使我發現自己對技巧越來越在意，也越來越失卻對歌詞的同情共感。

當詞、曲對於我的影響力變小了，始能冷靜地思考以自己現下的狀況，能如何調動與安排，以我現有的技術，能在什麼樣的地方，做出什麼樣的表現與層次，以期盡可能地處理好細節。如果說喜歡唱歌是因為歌唱的過程帶來快樂，乃至於在其中達到情感的排遣、抒發與吐露，那麼將歌唱好，使之有好的表現，那麼就不只是在於情感的真偽，更在於歌者所能純熟掌握的技術之多寡，以及對於詞曲自否有自我的理解、觀點與想法。

即使是流行歌，要將整首歌表現的妥當，也是需要一些技巧。寫作亦同，我們從不否認寫作時真情實意之必要（或可說是殷切的將其視為一種寫作道德上的期待），但若要說真情實意即是作品價值的判準，則有待商榷。說的更簡單一些，也就是到KTV唱歌和當職業歌手的區別，當我們將歌唱視為一種技術，原先歌唱時所感受到情緒紓解的快樂，有可能會在頻繁操練的同時受到了削弱與節制，但與此同時，我們或有可能從中領略到一種情緒節制的快樂。或者換另外一種說法，演員在演繹角色的性格與情緒時，不是用事件堆積出來的，不是短暫的憤怒之後緊接著下一個事件，而是自內在情緒中層層扒開。消化情緒、處理情緒的歷時性過程，才是考驗一個角色是否鮮活的關鍵。

乃至於能夠更游刃有餘地呈現種種表現技巧上安排時，細膩遂成就了審美的空間，其成品便容許不同聽者投入自己的生命經驗，成為一把開啟想像或記憶的鑰匙。此時，作品便與作者是否真情實意無關，若寫作技巧、形式結構、主題掌握皆十分純熟，即使不是真情實意，也有很大的可能因為這樣的佳構，為讀者留下好的審美經驗，進而喚起共鳴。這端看寫作者如何看待文學對於自己的意義，真情實意也好，虛情假意如是，那都是寫作者自己要面對的課題，有善用影分身之術扮演不同角色者，亦有謹守只書寫自己生命相關經驗之原則者。然而說到底，寫作者能做的，最基本，就是對自己負責，對作品負責。

言叔夏在〈壁上的字〉裡說：「詩不是傷口。詩是傷口以前或以後的東西。」此段話在原文中自有其脈絡，在此援引，我傾向這樣解釋：「詩是傷口前身的完整，是已預見其日後傷毀敗壞的宿命務必發作之所帶來的無奈與悲涼，極其悲涼的原因；詩或是傷口之後的潰爛、結痂、新皮初生而於表面歸於平整之歷程，以及其所寓之執著、遺釋或陰影漸漬若鬼魂纏身等諸多的可能。」詩不是直接將傷口坦露出來，詩是婉轉、有隔，是抑之中揚，是在一事物上有意識地調動時間，是對時間與空間的雙重把握，是表現，亦是預言與召喚。

於我而言，創作的過程大抵可以分成三種階段，第一階段是「有話想說」（情動於衷而形於言），第二階段是「把話說好」（修辭、結構與技巧的鍛鍊），第三個階段是「有話想說，且可以把話說好」（能透過修辭、結構與其餘技巧的安排，使得感情與哲思於文學作品中得到最好的展示，而這個所謂的「最好」，常是指一種有機、充足與完整的審美空間，具有完足的意義乘載）。我也始終相信，「內容即形式」，但內容能夠挖掘得多深，對於形式的掌握有多廣，便十分考驗作者的功力，要能做到盡善盡美，便不只是真情實意能夠全然支持的了。

在虛擬中見實境

陸續看了幾部令人難過的電影，有時候我會想，看完電影後所停駐在身心的抑鬱，是本源於心而被影像、台詞、聲音、氛圍所一併召喚而起的創傷記憶，還是電影的情節所由外而內施予、感染給我的？然而無論答案是哪一個，也都具其作用的合理性，原因在於影像提供了閱覽者一個無限的視覺和聽覺空間。在陰暗的劇院裡，使閱覽者投入其中，與角色產生共鳴，旁觀他人痛苦的同時，亦勾起自身相關經歷的記憶，進而得到被理解的感受。

文學作品，透過意象的揀擇與組織、符號與長短句之排布，在讀者閱讀、朗誦的過程中，在心識產生畫面（影像感）與音韻（音樂性），兩者共構出一個立體的景象，而不單單只是某一情緒、意念、事件的單純表述。由情景來到情境的塑造，從而使讀者在閱讀時能夠更順著語意的脈絡和意象系統進入其中，進而獲得特殊的審美經驗，例如拙作〈我身心俱疲啊你呢你呢你呢〉：

曾經被遺棄
於是我們下定決心
保持神秘的來歷，在愛情崩落的所在
穿越彼此的靈魂
像一場末日的大遷徙
而後有人靜靜地獨坐
哭泣，散播一種莫名的感應

傳聞救世的人已經落了下來，幸好
幸好我知道那並不是你

在詩的第一節預設了一個前提以及保持神祕來歷的原因，以自身出發，而第二節在這個前提之上，再將旁人或第三者的狀態給拉進來，於此形成了視角上的翻轉，讀者也許可以將「有人」二字，解讀為視角轉換之後以第三人稱看待的自己，也可以讀做是「旁人」。「落」的字義亦可以做正、反兩種解釋，一種是「墜落」，一種是「降臨」，可以解釋能夠解救我愛情世界崩毀的那個人已經掉下來了，還好不是我所在意的那個你，那麼一切便都還有希望；也可以解釋為，能夠解救我愛情世界崩毀的那個人已經降落下來了，還好，還好那個人不是曾經一再傷害我的你。

詩的歧異性不是自然而然發生，而是詩人透過形式、意象、遣詞上的設計、調整與修改所產生出來的效果，從而使得一首詩，能夠在具有不同人生經歷的人眼中，得到不同的解讀與審美效果。詩的造境，亦大多時候是在文本中，透過文字、聲韻所共構的視覺和聽覺效果去完成、組構一個架空的、可隨人自由帶入自身聯想與生命經歷的虛擬實境。

註：文中所舉之〈我身心俱疲啊你呢你呢你呢〉，收錄於敝人的詩集《諸天的眼淚》（臺北：寶瓶文化，二〇二〇年一月。）

寫長寫久的關鍵

詩人許世旭在其所著《新詩論》中提到：「今天的現代詩，雖然放棄了格律，但並不表示放棄任何形式，最起碼需要疾疾有致、抑揚頓挫的聲調，而且她的章法句法，可以散，而必須經過適當的結構，使她和諧；她的語言，可以淺白，而必須意象化，這樣才能使人感受某種美感。」這段距今二十年的文字，當作今日創作指導的參考，仍不過時。引文中所提及的所謂「意象」，心理學上指涉著是內在心靈對於客觀物象的再造，詳如簡政珍在〈意象和敘述〉所界定：「意象是現實世界裡客體的轉移，文學將外在的客體內在化，意識將自然物轉化成作品內的意象，便使真實物騰升為美感物」。

我們或許可以理解為「意」是創作者所欲表達之本質（也就是概念、思想、情緒），「意象」則是創作者為符合內在本質之感覺，所選擇之足以詮釋內在情緒、意念的外在現象或事物，是故意象初造的過程，也往往便是詩人於其心靈世界中以念著物的靈契歷程，即使如此，意象也並非只是單純對於現實模仿後的再現。當我們進一步探問，假如文學的語言在表現上有一目的，那麼此一目的，按我的理解，應是盡其可能地藉由意象的挑選、組合以及透過文句結構的安排，喚起讀者的心覺感受，而非追求如何可能精確地對現實進行細膩的描摹，意圖再現一完整現實於文本之中，文本的世界理應是獨立的。

我們必須認識到，再如何精妙的文學描述，都無法等同於歷史現實，而讀者閱讀文本後若合符節的感受，乃至於產生之親近現實的內心視象，其原因，有一部分是來自於作者精巧的寫作技術，另一部分，則來自於讀者本身對於意象組織和作品審美的能力。許世旭所言，強調的乃是在於創作者於寫作上有意識的「安排」，而非無意義的、散文式的連綴鋪衍，於是乎，在寫作技術的具體操作上，我們或許可以或多或少地試著減省形容詞、連接詞、語助詞、介詞的使用，適度地隱藏起上下詩句的關係，以動詞來主領詩句的發動，使得每一字句，都有其所能負載的最大意義與效果，以達到聲調、結構和意象上的審美要求。

文學的動人之處，有時候並不完全必要倚賴長句所鋪衍而生的節奏來達成，精煉的短句亦能展現出人意表的抒情力道。就詩的審美而言，讀者會感到晦澀的因素甚多，諸凡過多的轉喻、象徵、暗示以及鋪設了太多抽象的概念等都有可能影響讀者對於一首詩的接受層度，遑論有的讀者追求綿密的意象、有的僅求感通、有的偏好玄想，有的愛一目瞭然。是故競逐讀者之口味並不必要，重要的，是詩人如何透過意象的組織去召喚自己的情感經驗，乃至於更進一步，留意起詩句中音節安排、字詞平仄、句式交錯、行數字數、空格標點等形式上的排佈，是如何對詩之節奏與意義產生影響。

有什麼比一條路更美的

周夢蝶的詩作常透顯出濃厚的哲學與宗教意涵，其運用之意象亦多與此兩者有關，根據筆者統計，與「路徑」有關的意象，亦出現頻繁於周夢蝶不同時期的作品之中。「路」意象在其詩作中所呈現出來的，是整體生命的流轉歷程：有對過往生活的檢討，有當下生活的觀照，同時亦有對命運未來的思索，正如 George Sand（1804-1876）於《空間詩學》中所說：「有什麼比一條路還美的東西？他是生命變動不居、活躍有力的象徵。」而讀者亦能於此中看見詩人的生命經歷與詩作間所存在著某種緊密地內在關係。

Mike Crang 於其《文化地理學》中認為：「人群並不只

是定出自己的位置，更藉由地方感來界定自我」，對於周夢蝶而言，藉此認識到外在地方彼此之間的殊異性，其「地方感」（即人類對於地方有主觀和情感的依附）。被削減至最低，如此，則產生兩個面向：現實的「地方」蝕落消解而成就了虛擬的「烏托邦」；通往不同「地方」的「路徑」轉化成對詩人而言有意義的「地方」，而原有的客觀「地方」，則被翻轉成為詩人生命中所經歷的「路徑」。

「路徑」在城市中為各種建物、空間與地方所夾挾；在荒野、草原、山體中，則又是兀自孤獨的存在；在空中、海上，則非透過儀表、圖像而不可見，此一意象的本身，即呈現出孤獨、單薄而又堅毅的特徵。《孤獨國》、《還魂草》兩本詩集中的詩作提及路徑時，時常與被動、無奈、恐懼所連動，所隱喻的，多是詩人對於生命之來去與生死仍處於徬徨和疑惑之中。此時的「路徑」，只在其不生不滅的理想國當中存在，所通往與來去的，實是詩人對於「生命」此一詞彙上，概念意義的衝撞與思索。

然而自《十三朵白菊花》開始，原先僅在理想國當中存在的「路徑」開始延伸至現實世界，詩人意識到時間概念中的「當下」之與「生命」的隱微關聯，進而展現在《約會》時期的作品裡。惟此時期仍然是孤獨的，只是此種孤獨是與萬物同在，而皆保其各自之自我獨特性的孤獨，亦即在世間萬物的處群與居獨之間找到自我的定位，明瞭「路徑」的本身，即是能動性的「我」，是生活的「當下」。《有一鳥或人》時期，有形可視的孤獨「路徑」於其詩中已內化為其個人精神的獨特特徵，生命中各種苦難縱然存在，亦已不在於其心。

若以小石為喻，《孤獨國》、《還魂草》時期的周夢蝶就像是不知道自己正赤足踩在路徑上的碎石之上，但突地感受到極深刻的悲苦與痛楚，疑惑與思索著造成悲苦與痛楚的原因。《十三朵白菊花》時期，詩人已意識到自己的腳下正踩著碎石，試著將腳步由其上挪移開來，看清楚造成痛楚的原因。《約會》時期之「路徑」上頭雖然仍有碎石瓦片，但詩人已能接受其存在，並學會靜心觀照它、進入它，使自己成為碎石的一部分。《有一鳥或人》時期，詩人將身化為整條「路徑」，已不在乎身上的碎石，詩人的視野已望向更開闊更遙遠的地方。

「路徑」之起始與終點，於周夢蝶的詩中是清晰的，伴隨著詩中各種「路徑」的種種經歷，皆是彰明、清楚而未受壓抑的，這是詩人對於生命乃至於宇宙所表露出的開放與肯定的狀態。「路徑」成為了周夢蝶心靈地圖的主要標的，隱喻了詩人現世生命所經歷的種種，以及面對此些種種的心態轉變，同時更昭示出詩人所欲追窮的永恆精神生命的來源與去向。「道路」／「路徑」已非單單只是通往何處的中介，是詩人的行腳，亦是生命變動不居、活躍有力的象徵。

如實的生活感

如何由肉身感官向外探觸之態勢，來到靈魂於世間種種活動的觀照，繼《身體狀態》之後，迎來詩人阿流（張寶云）的第二本詩集《意識生活》。我尤愛詩人將創作喻為控制夢中肉身的一種嘗試，按宗教的說法，某種程度上，靈性自我的醒覺程度，也昭示著意識主體對於色身有無的執著。詩人言：「《意識生活》裡的詩都是我內部景觀的藝術化形式。」（〈光之宇宙〉）。其「內部景觀」所指，大抵所指涉的是人在極專注與虛明的狀態下所產生的特殊視域中，所浮現出具有觀想性質的情景或意象，有時是關愛的對象，有時是自我，有時是虛無，有時是一片光明。而其「景觀」所指，則暗示著作者於是書諸作中，對世間現象的幽微觀察多過於直觀體驗的述寫。

當詩人提及「有效率的日常／由意識主導／也由意識毀壞／的日常」（〈食用或蠅蚋〉），將意識當作觀照／生活的主體，大抵也可由此領會肉身遁去，意識浮出，生活乃心識所感，詩中一切景象皆是自心業所現，盡是自心影像的意味，這或許亦是我在閱讀《意識生活》時，一再感到「如實生活感」的原因。所謂「生活感」，是來源於詩人對語言和題材的使用；所謂「如實」，一是在用詞上不虛晃、不造作、不炫奇，二是在詩人的作品裡，恆常有一種旁觀者的視角，如其詩句：「衛星定位是從宇宙觀看地球／那種看／確實關乎靈界通道的開啟」（〈完美座標系統入門〉），此種觀看的方式，具有啟迪靈性的意味，而拉開距離的凝視，亦近乎於佛教的止（平靜專注）、觀（慧眼觀照）工夫。

「生活感」來源於其內部景觀之形成，生活即是涉入，是面對已然流逝的，仍能伸手即捕捉其本質，亦能因凝視與觀看，使之再次重生。《意識生活》中的許多作品，倚賴著一地點來作為詩意開展的樞紐，頻率最高者以「世界」為甚，其角色或是扮演傾訴的對象，或是指稱生存的空間，或是體察成住壞滅等無常現象發生的觀照體，並由此展開愛、覺知、身世、關係以及文明的討論。「觀照」與「涉入」兩組觀念於是書中不斷出現，詩人說：「詩語言銘刻著許多我與他者、我與身體、我與社會文化的往來遺跡」（〈光之宇宙〉），詩中保存著意識、肉身、他者以及肉身所活動的現象界——由「我」開展出去的關係與對待，有人情的體悟，更多則是詩人對於「我」的思索。

《意識生活》在詩歌審美的優點，更多在於「詩意的呈現」而非純然的「技術表現」，即使兩者時常是互相配合的。〈許多時間都很像一個時間〉，首節兩句「你感覺到了嗎？／我們都在的時候」，將焦點定錨於對存在狀態的探問與思索，是對當下經驗的自我覺察。第二節「我看著你看著我／和他看著我／你也看著我」，由「我」出發，涵攝著自我認同的再確認——他人眼中的樣子、自己眼中的樣子——「我」是如何意識到他者對於「我」的觀看，最末兩節「那種時間／和許多時間／／把我們圍繞的那種／塊狀時間」，提示出「我」（以及與「我」俱在的「我們」）是如何存在於時間，如鐘上的針鈕被不斷行進的時間給圍繞，參與過去、現在、未來，又獨立於其中。

全詩的單數節，強調「對『時間』的覺察」，偶數節之中「觀看、結果、圍繞」等動作，除了為讀者帶來畫面感，亦是對存在狀態的反覆確認。詩人說：「只要時間的通道是開放的／即便是死亡／也無法隔離我們」

（〈Inception〉），你、我、他都是「我們」，每一塊時間的碎片都是整全，我們是時間的本身，亦是無始劫來、無始劫往中，偶然凝住於某個時間的斷面。

註：文中所舉之詩，多收錄於張寶云詩集《意識生活》（新北：斑馬線文庫，二〇一八年十一月。）

隱喻的方法

有時，詩人會透過一連串的隱喻來豐富主體的內容。初階的隱喻，通常只是單純地羅列喻依，句子與句子之間，除了共用一個喻體，喻依彼此之間的連結性不高；而高階的隱喻，則是能使前後句子裡的喻依所有關聯，羅列成為了串起不同句子中喻依的那條線，羅列於此，有了使詩作具備更多層次表現的形式意義，乃至於使詩作能夠具有更深一層的審美效果。

以詩人郭哲佑的詩作為例，其〈迷途〉：「是一本沒有頁碼的書／是一陣雨／和它過時的劇情／是一部安靜而冷淡的電影／是一條路，穿越了廣場／始終沒有人／在我面前走完」，每一組譬喻都是對於迷途的詮釋，有其意義，但並列在一起，其效果，便宛如一立體多層次的卡片在我們目下緩慢展開。氣氛不斷推展，前三組如書、雨（劇情）、電影，就喻依本身來看，都是相對抽象的，但末三句詩人卻為我們刻畫出一幅更加具體的畫面，不僅回扣了前面的「書、雨（劇情）、電影」，也落實了前面這些鋪排其背後的意義。

再舉〈來歷〉一詩為例，詩人寫到：「你是霧／從水火中來／你是明暗變換的陽台上／一個抽菸的人／你是不斷穿越我身體的幽靈／幽靈也有擁抱，你是／地圖上蔓延的路和電線／你是那線／縫住了我的傷口」。上幾句中的喻體都是「你」，但詩人有其特殊的設計，由虛到實，每一組隱喻之間，都有其或隱或顯的關聯。其虛者，霧、光線明暗變換、在光線明暗變換中一個抽菸的人、幽靈等，皆具有物質狀態上的不確定性，有其朦朧、飄忽和易逝之感；其實者，則是地圖上的路、電線與傷口的縫線，是一起走過的路（或是未來的規劃，或是過去的紀錄）以及更形緊密的連結。

值得注意的，是在一組隱喻中，「你是不斷穿越我身體的幽靈／幽靈也有擁抱，你是」此兩句正是這些喻依由「虛」轉「實」的關鍵。此前，無論是「霧」或是「抽菸的人」都與敘述者無涉，然而透過「穿越」（「你」對我的反覆影響）與「擁抱」（我對於「你」的回應），「你」更加具體地成為了我傷口彌合的線，使得傷口能夠有所癒合，「你」於此時，也就隱含著一種安全感的來源。這一組隱喻，隨著喻依的由虛到實以及五、六句中兩個動作的中介、串聯，「你」之來歷（以及對於詩中敘述者「我」的意義），隨之越來越清晰、確定。

詩之中反覆提及的「你」，或許將其解讀為詩人親愛的對象、朋友，亦能衍伸出周延的解釋。但從詩人言「你是霧／從水火中來」、「抽菸的人」以及末節「而你是藤蔓／在關鍵的環節上／靜靜開花」幾句，我更傾向將詩中的「你」解讀為詩人的「理想自我」（或是某種欽慕的人格典型）——受過歷練、有些滄桑、安靜篤實且堅強。即使未來的生活將如走鋼索，唯因不斷的行動，始不自憐於過去；即使「屋舍狹仄地按住脈搏」、「四周是無聲剝落的牆」，「剝落」二字帶來時間感、「牆」與兩側的「屋舍」帶來壓迫，但你（我）是路，有原則、有方向，遂沒有兩難，亦毋庸懼怕什麼處境。

於焉，「你」的形象，也就在此詩的最末一節更加穩固了起來。對我來說，〈來歷〉所表現的正是一種主體於自我認知的建構過程中所發出的宣告與強化，末節之景雖然與首節相應和，但「四周是無聲剝落的牆」一句所挾帶而來的時間性，也同時暗示著所有的來歷，某種程度上，也都是未來的去向。或許上文中我對於「你」的詮釋，稍微過度了，但回到詩人修辭造句之法，以上所列舉出的一些哲佑的詩作，也不啻為可供初學者琢磨、學習的範本。

註：文中所舉之〈迷途〉與〈來歷〉，皆收錄於郭哲佑的詩集《寫生》（新北市：木馬文化，二〇一八年一月。）

存在是對自我的消耗

詩人如何透過對物象的書寫去連結自我，把握物象之精神、本質，進而尋找到與其對應與相似之物，像是初次打開一台老舊的收音機，企欲尋找某個頻道，金屬旋鈕在指間左右旋動，紅色的指針，穿越沙沙的雜音，感到自己宛若步行在山野。撥開眼前等身高的莽草，危險伺機、驚奇伺機、傳說與典故伺機、使我們半途折往他處的旁路伺機，通過這些，才終於尋得某個清晰、宏大、有機的聲景，所得如所欲，所見如所存。

於是透過對於立題於一物象，宛若墨水滴在一疊宣紙上，漸次浸染，被使用過的痕跡、生存的證據、物之所屬者與我以及我與物之間的交涉，都反映在詩人對物象的把握、翻轉、結構以及聲響安排上，構築一處由物象所輻射出之充滿氣味、迴響的詩歌空間。在詩人林餘佐的《棄之核》裡，〈菸盒〉一詩，首節十二行，前三行形容菸盒的形狀及圖案，第四、五行的「草本植物／是救贖的捷徑」則分別為二、三節的「樹果」和「呼吸」留下伏筆。首節的六到八句進入到物與我的關係：「你常置於胸前口袋／讓他代替心臟／跳動，繞過時間」，將草本植物的救贖意義與「你」連結了起來。此處的「繞過」，則暗指對客觀時間的隔離，以進入主觀時間之中。

詩中第一節若是物對於我的尋找、相應，那麼第二節即是對於前者的一種回應。扣住上節末句「煙在肺葉裡燃起火堆」，書寫一幅具有私我時間性的身體內景。想像中一張骨頭嶙峋的X光片，肋骨如橫生的枝幹，一突兀而穩穩博動的紅色心臟如高掛的果實，連結上句「代替心臟跳動」，一切草本植物在體內活絡起來，成為援續生命的方式。餘佐以「樹枝上的果子／果核鮮紅如碳／吐在野地／使夜晚溫暖起來」取代了抽菸的過程，不直寫，卻是本節之中意義發動的樞紐，扣住此節末四句：「指尖飄出煙霧／視線所及都是菸田／行走其中／連靈魂都有香氣」，氣味的充盈、浸染與交纏，不僅為讀者呈現出一幅超現實的畫面，也深化了首節所提及之繞過時間以產生「救贖」的涵意。

面對現實生活之紛呈與繁華，這具不斷衰老、蒼敗的肉身，其素樸的內裡，是內心孩童所賴以棲居、安頓、躲藏之所。藤蔓與果樹環繞四周，皮相、骨肉皆為菸草與菸紙，宛若X光片顯影的白色骨架亦有煙霧般飄散的可能，彷彿一切的凝聚，都來自於那枚蘊含著生生之息的果核，宇宙的火種，由此而生的煙霧是詩人內在向外在世界探索的延伸，每一根白色的菸，都是骨節，於焉，肉身便也是一方會呼吸的菸盒。餘佐於全詩的末尾寫到：「夜裡我將時光捲入草中／成為濃度最高的菸／我緩慢地吞吐／直到天亮」，時光是最濃厚的菸草，心搏與呼吸，則是最寂靜的音樂，於此因「時光」加入，使得全詩在前兩的意義上又轉上一層。

抽菸，相較於客觀時間而言，其長短，即使有限，但仍是我們能夠掌握的。當此一「救贖的捷徑」加入了「時光」（時間之光）的因素，使得時間變形，時間（或其作用）於此變成可視的、可延長的、可駐留的，或亦可反過來說，是可依憑自己的意志來稍稍抵禦的。隨著火光對於自我的逼近，亦將逼使著讀者揣想，當「我」有意識或下意識地透過菸來換得精神上的放鬆、愉悅與昇華感，菸卻也同時在毀敗「我」的肉身，此是「存在」狀態之不可逆，亦是其不得不然。乃因「存在」使事物的雙重性質在發生作用時毫無隱遁地彰顯，一切的消逝、遺留，虛無之中的有，都彷彿一再地提醒我們：「存在」，是磨損，亦是對於自我的巨大消耗。

註：文中所舉之詩作，皆收錄於林餘佐的詩集《棄之核》（臺北：九歌出版社，二〇一八年六月。）

光下的影子和每一首詩

好的詩作題目以及形式設計能為詩作加分，即使只是透過細節意象的改變，亦能達到多層次的審美效果，且看詩人劉亮延的散文詩〈有鬼〉（收錄於詩集《有鬼》，臺北：一方出版社，二〇〇二年）如何為讀者展現其精巧的布局和設計，詩云：「有一個人的地上他的洗澡外面他所有減掉的肥他運動後面在他所拋開的一切煩惱背面他剛修好的指甲下面在每一盞燈下他的影子和每一首詩前面每一個愛他與他愛的人前面有另一個人在他的地上他的浴室外面他的菲夢斯他操場下面在他的娛樂背面他用牙咬掉的指甲下面在每一個白天他的那些影子和每一首詩前面每一個他捨棄與捨棄他的人前面有另一個人在他的地上他的熱水外面他消費過的愛撫他的汗後面在他的觀光飯店背面他被扯斷的指甲下面在每一輪明月下他的影子和每一首詩前面每一個他匬與匬他的人前面」

「有鬼」二字，不只是字面上「某處有某物」的指稱，亦有著「不可告人的計畫、陰謀、秘密、目的」之意，此詩未有一字提及鬼之如何現身、鬼為何物，卻透過一個接著一個的動作與方位詞（外面、後面、背面、下面、前面），將事件帶出，點出了第一層次之字面意義上的鬼之所在，那幽蕩而不可見的鬼於此詩中無所不在，鬼在「他」心中有愛時出現，鬼也在「他」對愛絕望時出現，鬼是一切的陰謀、預告，鬼是旁觀者，鬼是它的存在即是促使一切發生的原因，鬼是「他」（與他們）心中的陰影。

全詩雖沒有分行，而是以散文詩的方式寫作，除去標點，看似整首詩不可分割，但究其內在脈絡上，則是以「有一個人」、「有另一個人」、「有另一個人」等三組，每組六句為一個事件單位的敘事結構所組成。詩人透過相似的句法，帶出不同而又隱隱有所關連的地點、動作與結果，使之成為完整的故事線。以第三人稱貫穿全詩，第二組和第三組結構中的「他」，不僅可視為前一組中所提及的「有一個人」和「有另一個人」之指稱，形成多人群體齊在的效果，亦可視為所有的「他」，指涉的都是同一個人。

換句話說，若將自我觀照與語言意識連結起來，那麼這個「他」，除了「他們」，也可以是「我」。而全詩首句並沒有出現表處所和方向的介詞，配合第二組和第三組的首句來看，「有一個人的地上他的洗澡外面」其實是「他的洗澡外面有一個人的地上」之倒裝，除了讓句式整齊，更是為了突出「有一個人的地上」，與第二組、第三組的首句「有另一個人在他的地上」之敘述相互配合。

整首詩的三組結構，分別由「愛」、「捨棄」、「肏」（性）為三個座標，第一組中多為「他」為愛所能願意做的事（運動減肥、拋開煩惱、修好指甲、洗澡），以最好的一面去面對所鍾愛（與鍾愛他）的人。第二組中，更多則強調空間性（菲夢絲與操場、娛樂、用牙咬掉的指甲、浴室），無論是床，或者是具有諧義的操場，其真正展現出來的其實是關係的疏離，是一大空間的分割，而非兩人所共享的全體，是焦慮，自我傷害，而來到捨棄（與被捨棄）。第三組中，凸顯的是物質性（消費過的愛撫、觀光飯店、被扯斷的指甲、熱水），是歷經愛與傷害之後來到純粹慾望之滿足，任意踐踏、消費他人（或被踐踏、消費），從而只在乎肉身是否得到快感，生理慾望是否得到滿足。

由「燈」、「白天」到「月亮」，藉由發光物景的擴大漸遠，象徵著日漸稀微的盼望，由照亮一處、普照世間的溫馨與溫暖，到借來的光在黑暗之中加之於所照物的清冷，全首詩，就像是在讀一個因愛致傷，由希望、失望，到再也無有期待的故事。唯一不變的，是「光下的影子和每一首詩」，此一句貫穿著整首作品，彷彿告訴著讀者，鬼即遁藏於光下的影子和每一首詩中，悲傷在彼、痛楚在彼、自憐與自棄亦在彼。詩題之「有鬼」二字，不惟指涉一個人心中最深層的秘密，一段關係中的各懷鬼胎，乃或者是一個人心中的陰影，其亦同時乘載著每一首詩作皆來自於（且反映著）感情的締成與毀滅之本體意義，每一道影子，都彷彿是過往以來不斷受傷（亦傷人）之一已割裂出去的部分。

整首詩或許是一個單線且有結局的故事，但因之於形式上的設計（不分行、分節，而以不加標點的散文詩方式呈現），我更傾向於將其解讀為是一個循環反覆的歷程，是由對愛的不相信到相信，復由相信到不相信。即使我們不將其視為一事件的連續發展來看待，將其作為三個獨立的片段亦無不可，若此，讀者就彷若是一雙中性的眼睛置身於大空間中觀照三個不同個體的行為、背景以及其所面對的處境，三者之間的處境差異，即是此種解讀方法之張力的來源，這是詩人在形式設計上所作之特殊編排所得到的效果，其內容且能與題目本身相互補充，使之有更深刻且值得挖掘的多層意義。

註：文中所舉之詩作，收錄於劉亮延詩集《有鬼》（臺北：一方出版社，二〇〇二年十一月）

關於詩歌的一點餘緒

詩重要嗎？詩是精神的棲止，一國度的建立在靜默與聲音之間，來回游移、纏繞，文字結構如麻花捲，在表面的字義與深沉的哲思裡，聯繫著幽微的情感如釣線費力拉起一張大網。網中或有騰躍的魚群、食物鏈、生態系，亦或也有極大的可能，當網拉起，只能看見海水自網縫汩瀉而下，如日常的寫照，緻密的徒勞感。那所謂傷害、愁思與哀宕，一切如虛空來風，徒留透明的傷痕在角膜上反覆乾裂，使我們十分輕易地就能落下淚來。眼淚確是生理的反應，但我們心中對此事件感到痛苦嗎？我們是否因為一陣風的襲來，心靈受到了觸動？亦或是極其危險的，只是習慣性地在捕捉傷痕的本身，展示傷痕的詞意、深淺、顏色，而非其發生之整個過程的前緣與後續。

黑格爾於《美學》中言：「在藝術裡，這些感性的形狀和聲音之所以呈現出來，並不是為著它們本身或是它們直接現於感官的那種模樣、形狀，而是為著要用那種模樣去滿足更高的心靈的旨趣，因為它們有力量從人的心靈深處呼喚起反應和迴響。」當一首詩完成如一張網猛然被收束起來，遠遠看去成為了釣線的一部份，誰會是在遠方甩動釣竿的人？誰在甩動我們的生活，搖晃這艘靈感之船？而釣線所維繫之情感，又有如何可能、方法、有機的操作，能使之更加厚實，而非在旁人眼裡是薄弱得如一張沾水即皺的複印紙所捻成的紙捲，一扯即斷的釣線。這一切一切，都關聯著擲竿的人對於手中之竿的理解，以及技術、心態、偏好美學的掌握，這也都關聯著我是如何對自己進行檢討與要求。

寫作如釣魚，是偶爾看看旁邊的釣友，但更多時候，是自己看著自己、自己表達自己、自己超越自己。詩也可以是一種實驗，把身體、頭腦、靈魂帶入同步協調的實踐，詩不是想法而是行動，不是空想而是觸碰，不是袒露傷口，而是對過去、未來以及當下時間的多重把握。我也時常在想，詩真的是精神的棲止嗎？猶記得多年前寫下：「詩是橫渡苦海的唯一指針。」這樣講，彷彿詩就能夠陪伴我們度過痛苦，橫渡惡世，這種說法在生命的某些時候的確起到了作用，有其方便，有其進一步詮釋的空間。然而苦海無限，何時是岸，對於寫作者來說，往往不是詩拯救了我們，而是我們自己在無意間拯救了自己。

詩是疑惑、好奇，是反抗和抵禦；是美之寄託；是達摩渡江時腳下之一葦，此一葦自知前行的方向，是心念的化現，是不被八風所吹動的西來意；是對於心思的一再錘鍊、提純，心有志願，知道自己要往哪裡去，即使現實不允許，仍勇敢、精進，無有畏懼。是故我會說：「詩不是一座枯靜的墳，而是靈動的寺宇。」高行健於〈文學性與詩意〉一文中提及：「當下此時此刻，只要人在，詩便在，這便是人對自身關注，也即是人自身的投影。」詩是我們的投影，有其真實性，亦有其演藝性；有其多情與寡情、博學與貧瘠；亦有其別於現實的多重人格，有其不可信。尤其是當詩之指針，已早早成為顛倒夢想的一部分，尤其當此一靈動的寺宇，只剩下水族之境的靜寂。

我只恐懼於我不能察覺。

謝予騰／詩辨

到底詩還是散文？

自臺灣新詩開始發展，便出現到底是分行的散文還是新詩的爭議。

古繼堂在《臺灣新詩發展史》中便提出：「張我軍作為臺灣新文學史的奠基詩人，他的詩內容充實，感情真摯，行文明白流暢。但是過於散文化，有的作品幾乎就是散文的分行排列。表達的直露也使詩缺乏耐讀性。」

到底新詩和散文的差別是什麼？怎麼樣的文章可以是詩，怎麼樣的文體是散文？類似的爭論，自上個世紀開始，一路吵到了現代；但其實這樣「跨文體」概念的爭議，也不是從這個時代才開始，比如韓愈、蘇東坡乃至於整個明宋

「以文為詩」的風格，也遭到一定程度的批評，如陳師道的《後山詩話》裡，記載黃魯直（黃庭堅）的一段話：「杜之詩法，韓之文法也。詩文各有體，韓以文為詩，杜以詩為文，故不工耳。」

也就是說，其實詩、文兩個文體間，在古代包括近體詩的創作中，也一樣存在著類似的問題，差別是近體詩的時代，基本上不存在「這是不是詩」這樣的問題，又或該說這種問題不需要爭論，只要看格律、用韻的對錯就可以評斷，故而詩是詩、文是文，兩方有明確的分別，「以文為詩」則是關於句法問題，根本上只有喜不喜歡和高低優劣，不存在文體分辨上的困難。

但自從白話文運動之後，上千年的近體詩體例被推翻，新詩的誕生也同時徹底破壞了中文世界中，詩與文的界線；但舊世界的大批文人，包括今天承襲了這些文人思維的學者、作者、教育工作者乃至於讀者，仍有許多人無法跟上將近百年前的時代改變——他們還在糾結，到底這個作品「是不是詩」。

就這點來說，我認為清代吳喬的觀點可為參考，他在《圍爐詩話》中寫到：「問曰：詩文之界如何？答曰：意豈有二？意同而所以用之者不同，是以詩文體裁有異耳。文之詞達，詩之詞婉。書以道政事，故宜詞達；詩以道性情，故宜詞婉。意喻之米，飯與酒所同出。文喻之炊而為飯，詩喻之釀而為酒。」

這段說明，已然跳脫詩與散文的形式問題，而根本性地討論詩與文之間的差異了，這完全可以回應那些直到現代，仍把新詩當成「分行散文」的批評者——吳喬明確地點出了，詩與文的根本差別，如果文字是「米」，散文就是「飯」，而詩就是「酒」。

說得更明白，雖兩者皆為化學變化，但「飯」本身還是保持「米」的樣子，對文字本身的運用不大會跳脫字義，大抵上會專注在其本身的議題討論，看了一篇好的散文（或說以「文」為本體的文章），讀者會有如「吃飽」一般的「充實感」；而如果是詩，就可能在語言上進行多種意義與意象、圖像性的跳躍，讀者在這些巨大的連結間，跟著詩人的意念與詩句飛行，像喝酒之後，沉「醉」在幽深的情懷與奔放的豪氣之中。

當然，「飯與酒」這樣的說法，不一定能完全涵蓋所有新詩與現代散文的範圍，也是有散文擁有詩的語言，部分的詩亦是依循散文的概念與意念寫成，但如果要細分這兩者根本文體精神、藝術展現上的差異，我想吳喬的這個說法，其實是可以借鏡的。

詩的資格

不管是現代派、鄉土派、超現時主義或後現代主義，在臺灣，寫詩的人或被稱為詩人的人們，最常被問到的問題前幾名，有一題必定是「請問詩到底該怎麼寫？」

傳統華文世界，自魏晉南北朝開始一系列的改革，到初唐形成的「近體詩」，流傳了上千年；這個運動讓「寫詩」這件事有了一定的格律，必須押一定的韻腳，並且要求平仄對仗還有字數限制等等，把「詩」固定的形式框了起來，凡作品與這些規定不符的，基本上就失去了叫做「詩」的資格。

不只是「近體詩」如此，凡我們所熟知的「古詩」、

「新樂府」、「詞」或者起源歐洲的「十四行詩」，也同樣都有類似的情況，其中有些文體或為的是要符合音樂、曲牌，但有些就純粹是將形式當成一種不可變更的美學教條，有點類似當今仍要求JK裙子長度的那些教育工作者的概念——作品要被當成「詩」，是要符合資格的。

但這樣的邏輯本身，其實是頗為怪異的，別的不說，把一樣在華人世界流傳千年以上的〈詩大序〉拿出來看，就可以立刻發現問題所在：

> 詩者，志之所之也，在心為志，發言為詩，情動於中，而形於言，言之不足，故嗟歎之，嗟歎之不足，故永歌之，永歌之不足，不知手之、舞之、足之、蹈之也。

如果說，把心中的真實的「志」，也就是「意」、「抱負」、「決心」等等概念，寫成了文字，就是「詩」的基本概念的話，詩本身的形式，就該是自由而不受限制的；同時，在這個前題下，又怎麼以形式或內容，來說一件作品有沒有資格叫做「詩」？我們可以再看看被華人世界尊為「先師」的孔子，在《論語》中是怎麼看待「詩」的：

小子！何莫學夫詩？詩，可以興，可以觀，可以群，可以怨。邇之事父，遠之事君。多識於鳥獸草木之名。

當然，孔子在這裡所談的，並不只是「寫詩」，也包括了「讀詩」的概念，不過按文中所說的，「興」（興起情感）、「觀」（觀看賞玩）、「群」（群聚同好）、「怨」

（怨恚抒恨），如此，無論主題是嬉笑怒罵、人生百態，又有什麼主題不可以入詩、不可以成詩？

簡單論述之後，我們回到「請問詩到底該怎麼寫」這個問題，說穿了，其實就是把心中最誠實的語言給書寫出來，基本上就是在寫「詩」了，不管有沒有使用學校教的修辭格、符不符合誰的美學標準，也無論讀者或指導者認為你寫的是不是詩，只要你真心的覺得自己的作品是詩，那誰也都沒有立場，在這個強調自由、白話、口語的年代，告訴你：「這不是詩」。

這樣的回答，似乎讓一切都回到了原點——必定會有人對上述說法提出類似：「這樣隨便寫，都是在寫詩呀！」、「那藝術性怎麼辨？美學怎麼辨？」、「你傷風敗俗！」之類的反駁，但此般質疑，並不是對詩本質的提問，其根本想問的，是如何寫出一首被按讚、被轉貼、會得獎、能賣錢或

「真正滿足自己成為詩人」的「好詩」？

這樣邏輯上就很清楚了，「寫出來是不是好詩」是一回事，而「是不是在寫詩」、「作品有沒有資格被稱為詩」，應該是另外一回事。

改變「好詩」

在今天的臺灣，討論一首現代詩是不是好詩，就像要評論茄子蛋的〈浪子回頭〉、〈浪流連〉、〈這款自作多情〉和貝多芬的〈命運交響曲〉，哪一邊可以叫「經典音樂」，是一樣困擾人的問題。

但可以確定的是，面對社會各個不同面向的受眾，臺灣現代詩似乎始終無法如其所願，成為主流、受到大眾關注與喜愛的文類，就算偶爾有幾本賣得比較好的詩集，往往又馬上會遇到詩壇內部批評的命運；這樣的現象凸顯了臺灣現代詩在發展過程中，接受了「縱的繼承」與「橫的移植」的過程中，似乎忽略了現當代的社會需求，尤其是國民政府來臺

一直到解嚴之前，肅殺的政治氛圍更是壓抑了現代詩文體與內容自由發展的可能。（余光中的情況要另外討論）

回過頭看所有詩體在民間的發展，一來與歌曲、音樂有關，二來與老百姓的娛樂、抒發有關，但臺灣現代詩的發展過程中，先是與現代詞明確地分道揚鑣，接著又因鑑賞門檻過高，無法真正提供百姓抒情與娛樂的效果，導致現代詩註定得往小眾、次文化方向發展。

如果再這樣下去，我們難保不看到臺灣現代詩，走上與漢賦相同的命運。

當然近年來也有部分的詩人詩作，開始在網路上獲得相對過去整體而言，較為理想的銷量，但仍不到足以支撐一個「職業作家」、「職業詩人」的程度，反而是多到數以百計的文學獎，養出了不少有名的賞金獵人。

問題點來了——即便是最有名的賞金獵人，得到了今年最多的文學獎，又或者是今年詩集銷量最好的詩人，他們所有文章的被閱讀量總合，可能還沒有任何一個稍有名氣的 Youtuber 所作的一支影片的點閱量來得多。

同時間我們可以發現的是，在臉書上以詩為主題的社團多到不勝枚數，成員上千、上萬的也不在少數，那表示其實文學與詩，並非真的沒有受眾，而是目前在詩壇主流的創作方法與發表形式所產出的「好詩」，沒辦法真正打入消費市場。

或許是時候，該要重新回頭檢視我們自己對於「好詩」的定義了，美學、藝術的展現是否過度精緻化，造成了詩的表現脫離普羅社會太遠？又或到了網路時代，詩仍放不下過去在紙本傳媒上所樹立的審議機制與標準？在面對新時代的語言與跨界創作的年代，詩是否也該主動找到自己與其它創作元素結合的機會？甚至對於由學院派所樹立的「經典作品」，是否也該有重新被審視或調整的空間，乃至於在一般高、中、小的國文課教學上的改變，可以讓學生不再只因要考試而讀詩，並為了看不懂而排斥詩？同時，是否除了婉約詩風，臺灣現代詩或許也該開創出不同的風格，來開展不同的閱讀族群？

又或者我們也可以保持現在的認為，相信曲高和寡、知音難覓，不把「受到較多人喜歡」當成是好詩的標準來看待？

憑本文短短的篇幅，提出這些問題，其實已經算嚴重超載而該被扣車吊照的等級了，同時我目前也無法印證這些問題就算真的獲得改變，現代詩是否真能就此谷底翻身，但按照目前的情勢，改變已是臺灣詩壇乃至於臺灣現代詩發展的道路上，不得不面對的問題，而自古以來真正使人們不斷傳唱的文學作品，也都是要達到雅俗共賞卻又不失藝術性的境界，換一個方式來寫詩、定義詩的好壞，不失為改變的一種方法與可能。

最後，套一句去年在熱帶性低氣壓下被雨水淹滿的民雄地下道出口，扶輪社製作的告示牌上的話：「不是路到了盡頭，而是該轉彎了。」

現代詩和現代詞

傳統概念中，「詞」這個文體往往會被叫做「詩餘」，也就是「詩之餘緒」的概念；但其實，從詩經、樂府這些作品中，就可以發現古代的詩與詞基本上有一大部分是合在一起分不開的，那為什麼到了今天，在臺灣的現代詩與現代詞，會有這麼明顯的不同呢？現代詩與現代詞，又有什麼樣的區分呢？

臺灣的現代詩與現代詞的分開，要追到紀弦在《現代詩》上，強調「詩」與「歌」必須完全分家，這一個主張開始明確地造成格律派的沒落、自由詩的掘起，臺灣詩人創作作品時，也很有意識地將詩與歌詞分得很清楚，這一點從陳克華、夏宇等人的身上，都可以看得很明顯，他們一邊可以創作現代詩，一方面又可以為流行歌作詞，但兩者的語言風格卻是完全不一樣的。

當然就本文的長度，是無法細細將一個詩人所寫的詩與歌詞的比對過程完整地呈現，但大抵統合，可以發現一個共同的特色——大部分現代歌詞若離開了曲、音樂，對聽眾或讀者而言，作品文字本身的感染力便會大幅下降；同時，若單就文字來看，現代歌詞用字、用詞與主題上，可以被接受的俚俗性，要比現代詩高出許多；當然，作詞者也可說當下他創作該作品時是以「詩」的角度出發，那根據筆者之前的論述，要視其作品為詩當然也可以，但至於是不是首「好詩」，就又是另外一個必須要被檢視的問題了。

而現代詩在特定的情況下，一樣可以入樂，如陳賢德、張弼為胡適的〈蘭花草〉作曲，李泰祥為鄭愁予的〈錯誤〉

作曲，張懸為吳晟的〈我不和你談論〉作曲，甚至張雨生還為中國詩人王丹的〈沒有煙抽的日子〉作曲，都是這樣的例子，但除了這些作品在一開始創作時並沒有以入樂為前題之外，就算脫離了音樂，文字的感染力還是普遍強過於單純為了入樂而寫的現代詞。

同時，就算現代詩可以入樂，對比清代以前的詩、詞創作，還可以看到一個明顯的不同點，那就是現代詩在作品中文字領導節奏的地位，比起現代歌詞要來得高出許多，古代詩詞必然受到格律與詞牌、字數的影響，這一點體現在現代詞上，就表現在其文字受到曲的影響面比較大上，從張大春和周華健二〇一四年合作的專輯《江湖》的記錄片（第二集—國民歌王遇上文學大師、第七集—「江湖」現代的樂府，）中，討論到如何讓歌詞改動好去配合唱法與音樂的部分，就是一個很好的例子；但現代詩若要入樂，基本上詩人不大容易接受要去改動作品的文字，最多是同一個段落多重複幾次，但大抵上不會為了入樂而去修改到文字的內容。

過去討論古典詩詞時，確實可以把詩和詞放在一起討論，但到了二十世紀中葉開始，現代詩與校園民歌運動的各自蓬勃、同時發展，其實已經注定兩者無法再被放在「詩詞同源」這樣的邏輯下討論，而必然成為兩個不同文體的關係了；也還有論點認為，比較起寫得讓普羅百姓看不懂、無法進入的現代詩而言，流行歌詞反而更可以感動人——當然如果詩寫得不好，自然感動不了人那是沒問題的，但若粗略的用搭配了音樂的現代歌詞來與現代詩比較，那完全是兩個不同文體的審美能力問題，不見得有誰高誰低的絕對性。

簡單結論，當然詩與詞之間，還是有著無法完全切斷的關聯，詩人希望自己的詩中有音樂性，作詞人希望自己的詞作能有詩意，這都是對美、對好作品的追求，不過現階段而言，從創作意圖與思維開始，現代詩與現代詞兩者，已完全是不同的文體，雖之間偶有合作，但大部分時間是發展各自的文體、受眾與美學，看來未來也還會持續一段時間。

現代詩不該很難

現代詩與現代藝術面對的最大問題之一，在於無法接近大眾，其中又以「看不懂」這個問題，是最大關鍵；同時，大眾不只是現代詩看不懂，包括目前主流學術界在對現代詩的評論，運用的學術語言和理論體系，對一般人來說也不是什麼容易下嚥的東西。

在此必須強調，所謂無法閱讀現代詩的「一般人」，並不單指普羅百姓，甚至包括中文系的學生、國高中的國文老師，乃至於一些更偉大的教授們，看不懂現代詩、不願去看懂現代詩的，也不在少數。

而當我們認為文字把握能力與閱讀量，皆優於大眾的這些族群，都對現代詩的閱讀有距離時，又怎麼期待他們能扮演好詩人、詩作與讀者之間的橋樑？

現代詩會看不「懂」，主因和臺灣教育體制中所選擇的詩作，與強調「對」、「正確」解釋的僵化考試方式有關，陳政彥在《臺灣現代詩的現象學批評：理論與實踐》一書中便提到：

> 不管是詩作或理論，都是人通過語言文字所建構起的意識姿態，背後都是詩人或者哲學家看待世界的方式與態度。我們不應該把理論當成詮釋詩作的正確答案。（P.218）

但長期以來，大部分臺灣人的閱讀基礎，都建立在國文課本裡，那些被教育體制式和不知變通、無腦的教科書出版社們，所僵化的課文上，閱讀的目的是為了考試的與成績單上的分數，而不是為了真正的生活、知識和美感體驗，課外的閱讀又更往往因為個人選擇與喜好問題，造成臺灣人能夠接觸到在不只在國文課上看不懂，老師又解釋不清楚、考試還考不好的現代詩，進一步能突破過去內心對現代詩由「看不懂」轉為「害怕」、「排斥」、「不接觸」的情緒，然後喜歡上現代詩的閱讀族群，實在少之又少。

這就成為現代詩給大眾的一種錯覺——「難」。

但其實我們可以發現，現代詩的語言也分為很多種類，有許多詩人的作品其實在語言和概念上，與一般日常的用語、口語也相去不遠，甚至完全可以被大部分會使用國語、中文的群眾瞭解，比如王嘉澤收錄於《暈船的魚》中的詩作〈藍〉就是個例子：

天是藍的
海是藍的
醫生說憂鬱症
也是藍的
在清晨藍而未瀾的朦朧裡
我是隻悠閒的魚
選擇著上岸的方式（P.39）

辛牧收錄在《問魚》詩集的〈魚說〉也同樣很口語、直白：

一隻魚從水中跳上岸
太陽說：你不耐煩嗎
魚說：我高興（P.106）

這樣的作品和大眾之間所缺乏的，不過是一個親密接觸的機會，讓他們可以不畏懼國文課與考試所留下的心理陰影，如統一推出的「飲冰室茶集」系列飲品與創作比賽，就已經看到現代詩與大眾相對成功的接觸例子；但現階段不得不承認，此類能夠將現代詩結合到生活中的情況，仍然不多，更悲觀的是雖然目前已有如奇異果出版社在編輯不同於以往的國文課本，但上層的教育與考試體系的思維，短時間內看來仍難以突破。

必須要想辦法鼓勵、刺激老百姓，在生活中去接觸、結合現代詩，同時也讓詩人們在創作上能兼顧美學與被理解的可能，才能在臺灣文化中為現代詩留下未來的可能；同時，當現代詩融入大眾的生活，美學自然也就跟入了生活與文化之中，「現代詩很難」的問題，也就可能獲得解決，屆時再來討論誰是流行詩人，或才是比較有說服力的論題。

評一次詩，像剖一顆西瓜給你看

最近引導一位大一的學妹寫現代詩，我們先稱她為W吧。

於此必須先抖個一般人到今天都還有點誤會的包袱——W雖是中文系學生，但大家要知道，臺灣傳統中文系基本上可是有很大一部分瞧不大起現代文學的，尤其現代詩，根本被部分的老先生們視為一項失敗的實驗，所以一個剛剛進入中文系的大一學生，除非本身在語言或創作上有特別的天賦或能力，否則在沒有人引導的情況之下，寫出來的現代詩大抵上也很難高明到哪裡去。W的情況也差不多，以下是她給我看的作品：

起床吃飯了
你說可是他
平面圖還沒改完
囈語漩我進記憶

夢裡我說
歷居試題寫不完
最後聲音卻是
這次國文九十三

長大是什麼樣子
長大不能當愛麗絲
你進了夢工廠
我還在烏托邦

針對這首還沒有題目的作品（以下統稱為N），我們分結構、語言、意象和情節四個面向來討論。

N的結構，基本上是個「時間螞蟻洞」概念，也就是W與某人通話，在這其中得到感想的一瞬間放大所寫成的，簡單來說就是「插敘法」，有點類似《灌籃高手》裡三井壽出手的瞬間，開始陷入一大段回憶，然後半小時的節目中都在播那段回憶，而那顆球到底有沒有進，一直到片尾曲放完了觀眾還是不知情的概念。

但為什麼《灌籃高手》可以成為動漫經典，但N卻連一首好詩都稱不上呢？因為前者一演幾十集，前後有的是時間慢慢鋪陳他的故事，但N卻只有12行共75個字的篇幅，無法承載那麼長而細節的內容，結果就是N的結構沒有讓「插敘」成為作品內容、情感的補充，反而讓所有的讀者跟進「插敘」後就被棄置在作品中，變成了一個找不到出口的死胡同。

接著是Ｎ的語言，Ｗ一方面運用了許多口語進入Ｎ中，包括「起床吃飯了」、「歷屆試題寫不完」、「長大是什麼樣子」，這些句子其實都透露出了Ｗ心中的一些想法，也有很好的開展空間，但如「國文九十三」、「你進了夢工廠／我還在烏托邦」這樣的句子卻無法襯托出前面那些口語所營造出來的氛圍，簡單來說就是過於一般的用語顯得不夠陌生化與脫俗，像明明是文青劇裡的女一，卻在全劇中第一次街角文藝咖啡書店與男一的約會，穿著滿是小熊維尼圖案的絨毛睡衣出場那樣。

然後是意像的問題，Ｎ中呈現意象並不多，比較明顯的只有「愛麗絲」、「夢工廠」、「烏托邦」三者，它們雖然都是相對已經常常被創作者們所運用的典故，但在Ｎ中還是可以被看出不同的意義，同時回到內容也還搭得上，所以勉強還可以接受，然而整體來說也不算有新意，而且「夢」與「夢工廠」又用字重疊，這同樣讓N落入了俗套之中。

最後是情節，N既然是有敘事概念的作品，那也就需要合理的情節安排，「囈語漩我進記憶」、「夢裡我說」這兩段的安排上就出了一點矛盾，到底是「記憶」的「夢」，還是「記憶」等於「夢」，又或者「記憶」與「夢」是分開的？但這些細究在N中似乎又不是那麼重要，如此，點出「記憶」與「夢」的必要性在哪？再加上「歷屆試題寫不完／最後聲音卻是／這次國文九十三」，讓讀者只能看似乎是與考試有關的事，但到底詳細是什麼卻沒人知道，這也失去了敘事的意義。

當然詩無達詁，或許W有些細微的操作我自己沒看出來也不一定，但整體來說，一首現代詩若用西瓜來比，應該表面就要看到不同的紋路、拍拍要扎實（或者也要夠輕薄），一刀下去要能切出好幾層不同的顏色（可能還會有看不到的顏色），這才是一個成熟的西瓜。

雖然創作者也可能弄出藍色、不規模形、會飛天、會說話、散發水蜜桃味或自稱不是西瓜的西瓜來，但只要你寫出來的是現代詩，就一定經得起檢驗——像西瓜那樣，我們剖開檢視，喜不喜歡一回事，但到底有沒有內容深度或迷不迷人，卻也是可以一定程度上接受公評的。

就N而言，還不是一個很理想狀態的……西瓜？它或許也不一定會長成那樣西瓜，但W若願意再重新檢視、思索並下手改良，或許可以把N變成更好的作品也不一定。

談談詩人的自我懷疑

前次借W的詩後，這次換我們來看看名家之作，但不是看詩，而是看詩人對詩乃至於對自我的懷疑。

以陳雋弘為例，對於詩這的文體，或者說對於詩的創作這一件事，詩人陳雋弘本身其實是有所質疑的，他在出版第一本詩集之前，便曾經在《保險箱裡的星星——新世紀青年詩人十家》一書中說過：

老實說，我有很多詩都讀不懂，也一直認為沒寫出過什麼樣的華麗作品，我常認為，生命本就有巨大的詩意輝煌其中，詩的出場無影無形，它可能是某次因看了搞笑電影卻莫名其妙流下了眼淚，也可能幻化成一個女孩的背影現身而又離去，我們唱歌我們畫圖我們跳舞我們以想的到的各種方式載記，與此同時，詩也已經悄悄退場。

接著，在《面對》中他又這樣提到：

我必須承認自己對詩的信念搖擺不定——或許這樣說並不妥當，而應是對「寫詩」這個信念搖擺不定。對於詩，假如我本身有什麼較為深層的信念的話，那便是我相信人間事物中存在著與詩世界裡相近的什麼，而這樣的懷想讓我覺得相當美好。

可以感覺的出來，陳雋弘對於自身創作是有迷罔與困惑的，這或許建立在他寫詩的方式、思維與題材之上，在《等待沒收》中他又提到：

也許我只是創造出許多說話的對象，更自得地臆造了一個世界；但其實每一次夢醒都是躲到了另一個夢中？

這些詩是用來幹嘛的呢？這些與現實人生無關的文字，被寫下後就存放在無人關心的角落，有時甚至連我自己都忘記了。在什麼意義下我可以說它們與我相關？或者，它們是重要的嗎？它們會不會只是可笑又可憐的，只是發生在我身上，我便像每一個人所看重自己的每一個部分那樣，也對它們敝帚自珍了起來？

我相信我在詩裡寫下的一切嗎？那些在現實中被認為是小心、勉強、不得已、處心積慮的種種，在詩裡是否都要全然脆弱地崩解？一個人可以有多少張臉？現實與詩究竟誰騙了誰？也許這一切最後都有了報應，只是此刻我們都在一座無所區別的迷宮中。

從文字中，詩人似乎是在懷疑自己詩作的價值，以及自己所投入的努力是不是一場徒勞，這些文字在不同時期的不斷出現，可以看出這並不是一種明知故問創作的手法，而其實是陳雋弘一直以來埋在心中而沒有得到答案的問題；關於這點，鯨向海也曾注意到過：

在詩藝居樂之際，雋終又將面臨了新的「焦慮」（「求知焦慮」？「影響焦慮」？）：是否沒有不安，就不會有衝突，也就無有積極、前瞻呢？這樣「純粹的安居」是否最後也將失去樂趣，轉變為詩藝社會裡的另一種「困厄」？那麼，是否又得回到尋常社會，重新在其中找尋「居樂」的可能，然後再一次解決他的困厄呢？

但在其寫詩方式的轉變之中，確實可以感覺詩人是企圖想要以詩在介入自己生活的現實，以解決鯨向海所說的「新的焦慮」，「與童對話」這樣的手法的產生，就是一個很明顯詩人企圖自我成長的例子，透過自己的教師背景，陳雋弘的創作確實不斷的與其自身的生活結合著，也努力朝著更可能的社會性來發展，如果不是心中有這樣的想法，「與童對話」這樣的方式並不會出現的。

總之，陳雋弘確實透過自己詩的脈絡，發展出了一套如鯨向海指出的「與童對話」的寫作方式，就一個在第一線教育現場服務的教師來說，這其實已可以視為一種社會參與了；至於「與童對話」這樣的方式，是否真正讓陳雋弘走出了自己的「困厄」了呢？那或許已是詩人自己內心才能知道的事了。

註：本文完成時，陳雋弘《此刻是多麼值得放棄》一書尚未出版。

青春新詩夢

——關於那些我大學畢業以前發生的事

一直到博士班之前，我其實都算在鄉下唸書，就算是國小的最後兩年在新營市區，但其實新營的人口也始終不到八萬，後來在民雄完成了大學和碩士學位，民雄雖是包括朴子市和太保市在內的嘉義縣第一大鄉，但人口實際也才七萬出頭，甚至在高中以前網路還相對不發達、自己資訊能力也不強的年代，要能得到當今臺灣文壇正在發生什麼事，除了問問似乎也不大清楚的國文老師們之外，就只能靠當年還在中山路上，如今也已收攤的金石堂書局。

至於怎麼會開始寫作，則是由於國小有校刊的關係，當年母親鼓勵我去投稿，我記得第一次我自己寫的作品，被班導一句「你寫什麼我看不懂」給退了回來（但那明明就和之前我在文化中心看到被貼在牆上的作品內容很像呀）；後來看到了前一期的校刊裡，有個學長寫了一首詩我很喜歡，就模仿著寫了一首投出去，結果被丁班（我是甲班）的女老師叫去，當著許多同學的面指責我抄襲，雖然說實話我自己真不覺得是抄，但此後對這方面的問題便非常小心。

如果國小的那篇作品不算的話，我大概是國三開始寫詩，那時的國文老師（我記得是個中山大學畢業的女孩子，常常在講台上說她和她男友有心電感應的事）要我們寫的作文，是改寫流行歌詞；這種看似有趣的題目，對鄉下學校的孩子們來說，卻根本像是在找他們麻煩，然而對我而言，卻是個以前完全沒有想過的事，他們不寫，我反而樂得幫忙，在那個情況下寫著寫著，有天就突然心血來潮，跳開了熟悉的旋律，寫了一首詩，自此開始，寫詩就成為了一種「嗜好」。

後來到了高中，班上也有其他女孩子寫詩，她們告訴我幾個可以發表作品的網路平臺，包括「優秀」、「野葡萄」這兩個文學網（現在都倒了），在那裡發表、衝點閱率、被選進精華，就成為了我高中時期最重要的事；當時寫作，完全就是靠自己，國文老師們在現代詩的閱讀和創作上可以給我的幫助，實在少之又少，而我們那間鄉下完全中學頂樓邊間的圖書館中，可以找到的詩集還不比考卷上考出來的多，我記得能找到的大概只有楊牧、陳黎和陳克華——然而當時的我根本看不懂楊牧，更悲劇的是也沒人可以問，至於陳克華的《欠砍頭詩》又太前衛，結果反而是陳黎和後來我在金石堂買到鯨向海《通緝犯》的詩風比較影響我（雖然如今和我自己的風格是有差異的）。

當時其實就是埋著頭自己寫自己的，在鹽水鎮的明達中學那種小學校，也根本沒有管道和資訊，讓我有機會出去和外面的其它寫作者交流，一直要到了大學之後，才知道一樣也在新營唸書的林禹瑄，當時就已經得X 19文學獎，資訊不流通、落後的情況可見一斑。

大學考上嘉義大學之後（其實考差了），原本滿心期待著參加詩社，但進去之後才發現嘉大根本沒有詩社（新綠園BBS站上是有個詩版，但也就僅止於此），是後來大三左右，我和同班的謝孟儒與其他幾個人，才在陳政彥老師的協助下，組成了帆布鞋詩社；雖然嘉大沒有詩社，但好在系上老師大多鼓勵創作，中文系也會舉辦全系以及全校系的文學獎，透過這些校內文學獎的名次，我開始對自己的創作比較有了信心，不過當時校外的文學獎卻都還投不上。這個情況一直到大四時嚴忠政老師到嘉大來當駐校作家，在創作上引導我走出不同的語言風格，才讓我的作品開始進入另外一個階段，也開始得到校外的文學獎，同時我也是在這個時期左右，才開始接觸到校外的其他，包括風球在內的詩社。

總結我到大四以前的日子，基本上就是個被困在鄉下的孩子，當時我可是矬到連《創世紀》、《臺灣詩學吹鼓吹》等等的雜誌，都覺得那是課本或遠方的東西，離我不真切地很遠很遠，但後來才知道，在同樣年紀左右的寫詩的其他人，早就已很習慣那些東西了。這樣的城鄉差異（或說資訊不對等），缺點當然就是讓我的視野相對小了許多，但也因為這個緣故，反而讓我的詩一直保有自己的語言風格——就這個立場來看，也只能說是「禍兮福之所倚」吧。

關於文學獎

不知道為什麼，我的小說作品，離開了校園之後就是得不了獎。（突然冒出一句無關緊要的自暴自棄……）

這幾年來，我其實已經不投文學獎了，但每每看到網路上一些認識的人們文學大小獎越拿越多，我就會想起大學時我們圍在小小的社團教室或是人文館一樓的 105 教室，討論到底文學獎是不是一種霸權的展現，那種青春光芒互放、杯子或什麼東西總會在空間中胡亂飛舞的樣子。

對，當年我們就已經得出結論：文學獎的本身，就是一種霸權的展現，不得文學獎不代表是不好的作品，得了文學獎也不代表就是神作。

但也差不多在那個時期，我開始得到一些地區性或全國性的獎項，雖然都不特別大，但當時自己也覺得那是一種肯定，接著是自費出版了自己的詩集，像小劇團的售票演出那樣傻傻的等人們來買，幾年來有幸還是有一些讀者支持著，雖說沒有真正的大賣，但起碼也還是有一些小小的成績出來這樣，這幾年甚至開始參與了一些文學獎的評論。

然後我就開始認真思考，是不是不要再投獎了？尤其是詩獎，得了之後呢？意義是什麼？我的美學經營難道不能走上我自認孤獨的道路嗎？除了獎金之外，文學獎於我還有什麼意義？文學的本質應該是什麼？

我也知道這樣說，一定會被部分人認為「酸葡萄」心態，畢竟我也沒拿過大家認為的大獎，就在這逞口舌之快，但對我自己而言，實話就是我不知道為何而做時，我自己就不會去做，至於嘴長在人們的臉上，吐出黃金海岸或象牙，那也全然不是我能影響的了。

小說雖然也出了一本，但真在學校外頭沒得過文學獎，這讓我覺得很有趣，自己一定哪裡有不足，也一定哪裡不討喜。但就這樣，短期內我完全還是不想投文學獎——明知道是霸權，就沒道理去支持他；當然想以什麼獎為目標的人，也不用太在意我這篇廢文，那對每一個人意義不同嘛，更況我也承認那是一種肯定，沒得過獎的更應該努力去投。

大概就是這樣，我把話說完了。長文的觸及率也越來越低了，臉書也走上了這條劣化與管制言論的道路，所有發文都逐漸簡訊化但卻未見詩化。

如果有天找到錢之外的意義，我會再考慮要不要投文學獎的問題，比起得獎，我更在乎自己的美學，以及盡可能被更多讀者看到、被更多人討論，從中再往上突破；也請不小心看完本文後的得獎者們不要覺得中槍，無論是誰，得了獎，我還是衷心地祝賀你們，也覺得還沒有得過文學獎的創作者們，是可以勇於把文學獎當成是種自我挑戰來看待的這樣。

詩的姿態與本質

二〇一九年的四月，我牽了一輛凱旋（Triumph）的T100，900cc的紅牌中型機車回家，開始了貸款人生。

人的個性會影響命運。這件事在我自己的身上就可以清楚地感受，以交通工具為例，我開著一輛一九八五年的美規手排SAAB 900，穿流在南臺灣（偶爾也到北部去）已經五年了，當臺灣主流車市已經幾乎不賣手排新車、強調電子設備和安全氣囊、電動引擎等等新潮裝備時，我總盯著我駕駛艙前相對細小而不符合今日防撞標準的A柱看——最起碼，我的駕駛空間幾乎沒有死角，轉彎我不需要有的沒有的針孔鏡頭，也不會不小心撞飛行人。

像寫詩的孤獨一樣。偶爾路上一樣有懂老車、喜歡重機，並相信他們是能夠賴以為生，這樣的人們，對我露出一個笑臉比一個讚，在我能改變世界之前，已然是足夠巨大的安慰了。

面對主流其實不需要刻意的反動，邏輯能力清楚或靈魂足夠清澈，你基本上就很難成為跟著大部分「面目模糊的主流」走的那群人——當然，如果從這個角度來看，對一般人而言，我就是反叛、就是標新立異、就是典型不合群、標新立異且企圖破壞團體和協的傢伙，就連我自己的母親也對我年過而立後還選擇蓄長髮、帶耳環的行為，表達深切的不認同。

但雖說，詩是可以興、觀、群、怨，但也沒規定世界就只能有那種合群並深受人們喜愛的「詩人」吧？（這根本也不是能被規定之事）

我在爭的不是表面看到的那些「與他人不同」的自我滿足感，也沒有想要傷害任何人的意思，而我正爭取著的，是生而為一個人，肉體、思想、生活、情感、美學乃至於靈魂上的自由——同時，我也認為，這是一個詩人應該要具備的基本人格特質，換個角度來說，詩人和革命者除了手上拿著的工具不同之外，對人類世界來說，兩者根本上該是一樣的存在。

而詩，應該就是由擁有這樣特質的人們，所歌所寫、所詠所唱，出來的文字作品——在大量的真誠、真摯的情感濃縮之下，呈現出的最原始、最真實的樣子。

當然，用這樣的方式，很多人都沒辦法產出太多的文字出來，他們可能透過手舞足蹈甚至大哭大笑之類的各種方式來闡發自己，這些行為或方式的本身也具有詩性，他們也都是感人的，然而他們卻都不是詩；再者，也有許多人透過文字的方式，想將自己真切的情感和生命寫在紙上、打在螢幕裡頭，但往往卻不被其他人認定是詩。

關於這點，我在幾個月之前的文章裡已討論過了，那是「別人」（他者）的問題，只要是文字作品，你真心誠意認為自己是在寫詩，那你的作品無論本質或形式上，就是一首詩——當然，是不是一首好詩，那是另外一回事——詩這文體的本質，就應該是如此自由而美好的。

誠然，交通工具一類的，只是個比喻，你覺得自己開車、騎車甚至搭捷運的移動或駕駛方式也很有詩意，就像不同流派不同主義不同技巧的詩作那樣，對此我當然沒有意見，但只希望你的高超的技巧，不要讓自己撞上東西或害別人撞到東西、也不要擋到別人或嚇到別人，那就好了——同時請別忘記，用這樣自由的態度來看待自己，也用一樣自由的方式，來善待他人。

林餘佐

召喚以技藝

迷人的徒勞

書寫的動人之處在於一種喚回的力量，但大多伴著「明知不可為而為之」的徒勞。在成語「刻舟求劍」的故事中，楚國人乘船渡江時，不慎將隨身的劍掉入水中，他隨即用利器在船身刻下記號，等船靠岸之後，憑著記號潛入水底尋找遺失的劍，結果當然是一無所獲。原本的寓意是暗指人不知變通，但我讀來，卻帶著一絲哀戚感。倘若楚人明知道留下記號，是不可能尋回遺失的物件，但基於內心的不捨以及在悵然的情緒下，在船身留下徒勞的刻痕，這樣一來，便拉高了楚人的心理層次，不再是愚昧的憨行，而是「情之所鍾，正在我輩」的抒情況境。

書寫就如同在行進間的船身作記號——抒情且傻氣。但凡世上抒情且哀傷的舉止都帶著幾分執著的傻氣吧？如同電影「一代宗師」中，葉問在香港再遇宮二小姐，將一件大衣的鈕扣，如棋子般地推到宮二面前（那件大衣原是葉問為了到東北找宮二而訂做），葉問淡淡地說：「大衣沒留下，只留下了一顆扣子，算是個念想」，這一個念想是顆棋子落在宮二小姐井然有序的心中。書寫就是在有限的人世間不斷地留下「念想」，無論在船身、石壁、竹簡、以及現今一切新興的載體。

我們為了留住某個深刻的片段，所以不斷苦練任何可以「再現」的技藝，例如：書寫。一開始書寫是為了紀錄具體的事物，如：豬、羊的數量。但隨著人腦的演變，我們開始懂得在生活所需之外的情感事件，至此，書寫或許才真正發揮了神奇的功效。我們可以追憶一段早衰的戀情，也可紀錄一頭新生的家禽，書寫也隨之變得繁複起來。詩或許是書寫中最複雜的形式。

詩以極為抽象的方式展開心神的銘刻。在詩裡我們顧左右而言他，迂迴是為了前進。正如余秀華在〈我愛你〉一詩中寫到：

> 如果給你寄一本書，我不會寄給你詩歌
> 我要給你一本關於植物，關於莊稼的
> 告訴你稻子與稗子的區別
> 告訴你一棵稗子提心弔膽的
> 春天

詩題為〈我愛你〉，但余秀華通篇詩作不見一個「愛」字，詩中言及生活、打水、煮飯……等，一切的日常瑣事都在詩人筆下再現，但愛呢？那刻在船身的「愛」非得要靠岸、潛水才能看見。於是，余秀華說，愛就是在莊稼裡區分麥子與稗子。稗子在《聖經》中指涉為「惡者之子」，相對為麥子顯得為不潔。但愛情是否能跟麥子與稗子一樣區分好與壞呢？難道稗子般的愛不值得生長嗎？或許稗子的愛比起麥子更有想望的可能。於是詩人說：「稗子是提心弔膽的春天」。一段不被祝福的愛情，如稗子在春天裡怯怯地生長。

書寫是徒勞無功的舉止，但卻也因此迷人。

迷宮

我的方向感不太好，時常在彎曲的巷弄間迷失。

幼年時曾在夜市與家人走失，那時的我謹記母親的教誨：「迷路時就待在原地，會有人找到你的」。看著人來人往的街道，我第一次感到被遺棄是如此難受。或許是這樣創傷經驗讓我有一陣子十分著迷於「紙上迷宮」的遊戲，這樣的遊戲由簡單的線條構成，多半出現於兒童繪本的空白處；迷宮的路口處畫著一隻兔子，迷宮的出口則是一根紅蘿蔔。我用鉛筆展開旅程，徘徊在多個迷宮之間，一整個下午就這樣過去、一整個童年就這樣過去。

在英文裡有兩個單字可以指稱迷宮，分別為：maze 與

labyrinth，根據辭典的解釋，前者多半指用於空間相關的智力測驗，後者則是一種精神上的迷途；延伸來說，一個是具象、外顯的迷宮，一個是抽象、內化的迷宮。如果將這兩個面向嵌入我的成長經驗，無疑是從 maze 過渡到 labyrinth 的過程，從紙上的迷宮遊戲到心理深層的困惑與抉擇；我不得不承認，有些事情在一開始就有徵兆了。迷宮與迷路成了成年後的生命隱喻；我擅長繞遠路之後又回到原地、在聊天時會不自覺地將話題帶到遠方、以及我迷戀上一種迂迴、閃躲的文體——詩。

創作詩的過程與建造迷宮相似：萌發念想（製作藍圖）、調動文字（搬運磚頭）、埋下隱喻（建造陷阱）……等。每一首詩都是一個迷宮，只有最在意的人才能找到出口。若說到現代詩史上最大規模的迷宮建造，便是洛夫的《石室之死亡》。洛夫在金門擔任聯絡官時，正值一九五九年的金廈砲戰，洛夫在戰地的一間石室（坑道）裡，開始撰寫這組龐大的詩作。坑道曲折、隱密的空間建設跟迷宮意象相似，然而洛夫也說：「……當時的我確實是處在一種極度混沌、迷惑、焦慮不安的心態」（《石室之死亡》）。由此可知，洛夫在創作時身心都處一種類似「迷宮」（maze與labyrinth）的狀態，也可以說是被禁錮的狀態，急需以創作來尋找出口。

試看《石室之死亡》的前幾行：

祇偶然昂首向鄰居的甬道，我便怔住
在清晨，那人以裸體去背叛死
任一條黑色支流咆哮橫過他的脈管
我便怔住，我以目光掃過那座石壁
上面即鑿成兩道血槽

詩中提及「在清晨以裸體背叛死亡」，裸體是生命的原始狀態，是一種本能、本質的存在，以這樣的存在去對抗死亡，而時序又在清晨（一天的開始，萬物剛甦醒），可以讀出詩人對於戰爭、死亡的對抗力道以及堅毅決心。然而，相對於密閉的空間，詩人沒有任何的能動性，唯一能移動的只有目光，詩人狠狠地掃過石壁，由於憤怒的力量之強大，於是在石壁上留下血槽[1]。

昔日閱讀時我也曾困於此石室中，然而迷宮總會有出口。洛夫以濃稠的意象、晦澀的死亡主題築成《石室之死亡》的兩大坑道。順著坑道緩行就能看見詩人細心埋伏的每個隱喻，並且看見出口幽微的光。

---

1 關於《石室之死亡》中的禁錮與逃逸的辯證，參見劉正忠：《現代漢詩的魔怪書寫》（臺北：臺灣學生書局，二〇一〇）一書。

亡者之言

有一陣子身心狀況不佳，時常會感受到耳鳴，只要是在稍微靜一點的片刻，例如：從室外回到書房時、電影開場之前、夜晚就寢時……等，在日常生活的喘息夾縫，就會感到耳鳴，一開始像是蜜蜂繞著耳膜飛行，細小的翅膀發出脆弱的聲響，約莫會持續三分鐘，接著蜜蜂收起翅膀，消失在某處。之後，便是一條緊繃的鋼線不斷被人輕輕撥弄，振幅迴盪像同心圓。忘了在某處聽過這樣的說法：你會感受到耳鳴，是因為恰好與亡者的頻率相同。這個說法有著魅惑的氛圍——有些句子總是帶有迷惑人心的效果，像詩一樣——我常在想，在透明的大氣裡，其實存在很多的雜音，耳朵就像一座電台，可以攔截亡者之言。亡者想說些什麼，大多的時候我無從得知，但在耳鳴時總會想起顧城說過：「我總聽見最好的聲音／走廊裡的燈可以關上」。顧城是我喜愛的詩人，總帶著高帽子，他躲在帽子裡，拒絕與世界交涉，詩似乎是他發出的微弱頻率，如今，也真真切切成了亡者之言。喜歡顧城晚期在旅居國外時創作的兩組作品：《鬼進城》、《城》，即便不懂還是迷戀著。

「沿著水你要回去／票一毛一張」顧城在《城》裡這樣寫著。學者簡政珍在《放逐詩學》裡提到，書寫是放逐者超脫現世的瞬間，顧城在國外撰寫著詩也是如此，《鬼進城》與《城》可以看作顧城對故鄉的追憶與召喚。值得一提的是，顧城曾在訪談時這樣說：「我作為人創作了《鬼進城》這組詩」、「鬼對於我來說是我在現實生活的一個化身、一個旅行」。鬼相較於人似乎有更大的移動能力。能帶著顧城穿越時空，來去自如。「鬼」在中國字源上可以與「歸」字互訓，在《爾雅》中提到：「鬼之言歸也」，歸是歸去之意，離開塵世的意思。由此來看，顧城建城、化為鬼都透露著想回歸、超脫現世的渴望。

《鬼進城》組詩共有八個小標題，分別為：「週一至週日」、「清明時節」，如果詩作可以看作一個完整的時空縮影，我們可以看到這組詩中有完整的時序，在加上一個與鬼相關的節日，這樣的時空繁複循環，顧城作為鬼不停徘徊、生活。試看「星期一」的段落節錄：

鬼是些好人
他們睡覺醒了
就看佈告游泳
……

他們一路燈影朦朦
鬼不說話一路吹風
站上寫吃草臉發青
一陣風吹得霧氣翻滾

顧城寫到「鬼是些好人」，可以視作對顧城來說，鬼是一種更好的存在、更好的化身。鬼與活人無異，睡醒了便看佈告、游泳，在小小的城裡鬼自在的活著。這裡的城很容易聯想到顧城生活過的北京城，然而滿城盡是鬼影浮動，可見作為禁錮的人，顧城更想成為自由的鬼，顧城寫著鬼「走路非常小心／它害怕摔跟斗／變成／了人」。

顧城害怕作為人，躲在帽子裡，發出的亡者之言，如今看來魅惑卻又帶著哀傷。

追憶、再現與哀悼

凡是不可逆之物，在文學中皆可逆。文學像是時光中的福馬林，逝去的事物浸在淡黃色的液體中，以確保防腐以及，追憶。追憶大概是啟動文學創作的要素之一，歷來的人不斷透過各種技藝來重現、追憶掛念的人事物，其中一個迷人的事蹟大概就是漢武帝為嬪妃李夫人招魂的故事。李夫人逝世，漢武帝思念極深，這時方士少翁進言說他有招魂的能力，於是少翁裁剪人影，並在宮裡裝飾布幕、屏障，在晚上時點起燈，將人影映在布幕上，漢武帝在遠處看去，彷彿李夫人的倩影栩栩如生；相傳這是皮影戲的由來。這是一個魅惑且哀傷的紀載，漢武帝何嘗不知那只是一片薄薄的人影，但在暗夜裡、在恍惚中，它依舊成為一種慰藉，或可以說，透過設帳弄影以及一具因哀傷而疲憊的身心，就真的可以憑空召喚出某些事物出來。皮影戲的由來與招魂有關，更可以指涉文學創作的核心。在創作中我們以虛代實，以晃動的隱喻暗指人生的況境；文學是匱乏、創傷、哀悼的技藝。

哀悼似乎是文學創作中最動人的一種主題，因為它正在撥亂時序，試圖重返一段生活片段；死亡會使人的日常生活停擺，會呈現出生活失能、失序的狀態，例如失去感官感受、以及失去日常生活的動力。佛洛伊德〈哀悼與憂鬱症〉指出，極端的哀痛會使得對世界失去興趣，各種情緒都因失落感所壓抑並變得失能（包括情感與行為），有學者指出這時的哀悼者的心理狀態有如身處於「深淵」裡頭，動彈不得。然而哀悼詩是在失能狀態下的產物，畢竟每一次的書寫都是從深淵裡發出回音、字句。

邱剛健在二〇一一年出版了《亡妻，Z，和雜念》是一本以悼念亡妻為主軸的詩集，其中呈現出悲傷、無能為力與試圖再現妻子形象的拉鋸，是一本深刻且特殊的詩集，試看〈瞑目之後〉（二〇〇六）這首詩：

她瞑目以後，
我再翻開她的眼睛，
看我是不是還在裡面。

我再小心合上她的眼睛。
我還在她裡面。

從此以後，我每天照鏡子時候，
都靠進去看我的眼睛：

喔！有時候她還在裡面，
有時候她不在了。

詩的第一句已經揭示妻子死亡的事實，我們可以知道書寫的姿態，是屬於一種虛擬的設想，是喚回的聲腔。邱剛健翻開亡妻的雙眼，想窺看自己是否還存在於妻子的凝視中，眼睛是意向性的投射，透過凝視他者與自我的關係才得以建立，在妻子的凝視中丈夫的形象才得已被建立。邱剛健為了延續丈夫的身份，或是為了延續自身的存在，於是小心翼翼地檢視妻子的眼睛，試圖要找自己的存在。所以，在一、二段中都呈現出反覆確認、試探的過程，這行動的背後是一種試圖與亡妻保存聯繫的心態。接下來，第三段則呈現出焦慮與膠著的情緒，他每天都在透過照鏡子來檢視自己與亡妻的延續，並說：「有時她還在裡面，／有時她不在了。」這樣反覆的凝視、檢視自己的舉動，正好顯示出哀悼之情的拉鋸，不斷在生與死的夾縫中徘徊……。

追憶、再現與哀悼是人類特有的心理活動，這也牽涉著文學創作的幽暗核心。

詩意棲居

最近有一則短片，受到觀眾的注意，攝影鏡頭架設在停車場，下班時分，許多男性車主將轎車停妥、熄火，卻不打算馬上打開車門回家。影片中的男子，有的滑著手機、有的倒頭大睡，更多的是人則是坐著發呆。影片一出來，很多男性網友表示，能理解車主不想馬上回家的心情，「熄火是全世界最平靜的時刻，車裡一方寧靜狹小的空間，才能面對真實的自我」。這樣的說法，在我身邊擔任OL的女性朋友也說過，她表示一間乾淨明亮的廁所，是短暫逃脫工作、上司、同事的最後一座堡壘。只要關上門，就會感受安全與自在，在裡頭放空一會兒，又可以恢復精神去應付公事。現代化的進程總是推著人們不斷地往前走，一點停下來喘息的空間、時間都沒有。然而，席慕蓉在〈結繩紀事〉一詩中寫著：「有些心情，一如那遠古的初民」，那麼初民是怎樣看待自身與環境的關係呢？

人類是穴居動物。或許我們可以想像初民在狩獵、採集完畢後，一天的所需即將滿足，此刻回到洞穴、圍著火堆，或許烤著獸肉，或許煮著簡易的粥湯，或許人類只是圍著火堆發呆。火光跳躍著，將周遭的環境烘得乾燥、溫暖，像是軟綿綿的夢境。這段描述當然是以淺薄的人類學基礎，加上大量的浪漫的敘述。但，我想說的是，根據《空間詩學》的論述，「幸福空間」（espace heureux）是人類與空間環境的情感模式之一，人類在本性上回尋求一個空間，來當作情感上的庇護所，其中的重點在於「私密感」（intimité）的存在與否。

幸福空間除了是具體的現實建築物之外，亦可透過閱讀、書寫來形塑出想像的「語言的空間」（des espaces du langage），在語言空間中，讀者與作者同樣棲居在「幸福空間」中。試看羅智成的〈夢中之島〉

掀開層層晨霧下襬
我們登上湖中小島
水波是這樣細膩
即使只比湖面高出 5.3 公分
也不曾被湖水漫上

這裡描述的薄霧正好提供夢中小島一個隱密的遮掩，也使得人與空間「私密感」得以延續。接著詩人提到：小島只比湖水高出 5.3 公分，這可以延伸解釋為，幸福空間的存在，往往與現實生活只隔著些微小的距離，只要一個轉身就可以踏上夢中之島。

羅智成在《夢中書房》一書中，傾全力打造了不少「幸福空間」，像是〈夢中書店〉、〈夢中書房〉、〈夢中花園〉等。這樣紙上的建築物逐漸成現代詩史中無法忽視的「詩意棲居」。閱讀這一系列的詩作，就像打開逃生門，可以迅速逃離當下的人生困境，靠近內心的島嶼，正如〈夢中之島〉的結尾：「當我划得偏遠／島嶼就越具體鮮明」，所有的遠離都是為了靠近心中的幸福空間。

繞過傷口寫字

「寫作者為何寫作呢？」近日常思考這樣的問題。在撰寫博士論文的過程，常必須閱讀許多詩人的創作自述，洛夫在《石室之死亡》的序言中提到：「覽鏡自照，我們所見的不是現代人的影像，而是現代人的命運，寫詩即是對付這殘酷命運的一種報復手段」，將這段宣言與洛夫的詩句相對比，即可看出報復的力道，試看《石室之死亡》的句子：

祇偶然昂首向鄰居的甬道，我便怔住
在清晨，那人以裸體去背叛死
任一條黑色支流咆哮橫過他的脈管

我便怔住，我以目光掃過那座石壁
上面即鑿成兩道血槽

洛夫以生命的本質〈裸體〉去抵抗死亡、抵抗戰爭、抵抗世界，並以目光狠狠地掃視他所處的地下坑道，石壁上便鑿出兩道血槽。這是洛夫報復的手段，也是他寫作的緣由。與洛夫同時代，同樣為軍旅詩人的商禽的寫作動機截然不同，商禽回憶起那段高壓的日子，說道：「唯一值得安慰的是，我不去恨。我的詩中沒有恨。」於是，商禽的作品似乎在著「壓抑」的心境，試看〈滅火機〉一詩：

憤怒昇起來的日午，我凝視著牆上的滅火機。一個小孩走來對我說：「看哪！你的眼睛裡有兩個滅火機。」為了這無邪告白；捧著他的雙頰，我不禁哭了。

我看見有兩個我分別在他眼中流淚；他沒有再告訴我，在我那些淚珠的鑑照中，有多少個他自己。

商禽的壓抑可以從詩名「滅火機」看出，怒火被削弱了，即便是憤怒昇起的中午，詩人的敘述依舊保持一種冷調子，並且是刻意抑制怒火。相較於洛夫的「怒目金剛」的破壞力，商禽的眼睛只能默默地流出淚水。洛夫與商禽對於書寫的看法迥然不同，也使得其詩風的差異。

然而，我輩的寫作者，多半沒有經歷過時代的傷痕（除了近日漸起的亡國感之外），那我們書寫到底為何？以及又將帶我們到何處呢？或許寫作的人都是跟自己過不去的人，無論是世界的傷口，亦或是自身的傷口，對於最敏感的人來說都十分艱困吧？寫作就是一種逃脫之述，透過心智的活動，去達到躲藏的效果——看不見的鬼，抓著交替。

我心愛的小說家作家瑞蒙・卡佛（Raymond Carver）在他的詩集中寫著：「我們所有人，所有人，所有人／都想拯救／我們不朽的靈魂，有些方式／顯然比別的／更加迂迴，更加／神祕」。寫作就是迂迴的道路，我們走在日漸冷清的道路上，只為了繞開傷口去求救，讓人看見、明白、諒解。

或許，傷口就是我們書寫的源頭。我們繞開它，卻無法忽視。於是我寫下這樣的文字：「我們以肉身養著傷口／直到獲得神的諒解」。

石頭裡的聲音

顧城在〈城·平安里〉寫著：「我總聽見最好的聲音／走廊裡的燈可以關上」，這兩句詩從年少時一直困惑我，顧城聽到聲音是何種聲音？以及為何要關上燈？在暗夜裡聲音是否會更為清晰呢？這一類的思考，像是石頭投進池子，一圈圈的漣漪向外擴散，水波彼此重疊；我又想到，詩的產生是否可以跳過意義，而只呈現聲音呢？這些問題成了細小的石子，堆在意識的邊陲，風吹過就「咔咔」作響；石子是荒野的音符，在意識裡投石、問路，只為了聽見顧城筆下最好的聲音——顧城的組詩《城》也是由眾多石子搭建而成的吧——石子讓我聯想到曾在《傷風敗俗的文化史》一書中，讀到關於史前遺跡巨石陣（Stonehenge）的討論。

在《傷風敗俗的文化史》一書中指出，可以將巨石陣視作是一套環繞音響，其中的材料青石（bluestone）在敲擊後會產生「共鳴」，甚至可以當作高音鐵琴（glockenspiels）使用，巨石陣的回聲程度正好成為一個設計良好的講堂。經由研究團隊發現，身處巨石陣的任何一個位置，都不會有聲音上的死角，這可以說是石器時代的「國家音樂廳」。而根據人類學家的研究表示，當時演奏的音樂應是「重拍、旋律簡單、有著強烈節奏的音樂」，並但帶有宗教性、儀式性的意義（詳見《傷風敗俗的文化史》，第二章）。我們知道詩歌的起源與巫祝的祭祀有關，那些呢喃、狂亂、迷離的語言，或許可以視作詩歌的雛型，如此一來，詩原是攀附著聲音而生的。史前的人類對於詩歌在音樂、節奏上的需求，或許遠超過我們現今創作的現代詩。

現今的漢語現代詩，對於字詞意義上的重視似乎大過於音樂性，但還是有音樂性與意義兼具的詩句，試看詩人向陽的〈黑暗沉落下來〉，這是一首寫於九二一大地震之後的作品，在一片斷垣殘壁之中，這首詩歌提供了類似宗教性的撫慰作用。詩作的開頭：

黑暗沉落下來
在臺灣的心臟地帶
黑暗沉落下來
於我們憂傷的胸懷
黑暗沉落下來
當屋瓦牆垣找不到棲腳的所在
黑暗沉落下來
我的同胞陷身斷裂的生死之崖

這首詩特地採用循環的方式以方便歌詠，詩中一再重複「黑暗沉落下來」此句，形成了一詠三嘆的效果，讓讀者即便是在紙上讀到，也能在心中響起音樂性，以達到安撫作用的聲情效應。這樣的文學形式直接且極具渲染力，讓人聯想到巨石陣中反覆吟詠的旋律、字詞；此類的作品的受眾不是喜好文藝的小眾，而是對著心靈創傷的大眾提供一個安穩的力量，詩歌在此時承接住時代的傷口，一如巨石陣裡的聲音。詩人蕭蕭曾表示：「很多人都曾聆聽向陽以國語版、臺語版交揉朗誦的詩歌，彷彿黑暗仍在身邊沉落下來，久久無法言語，向陽混濁的男低音，更惹人眼眶溼潤」，由此可知，現代詩的功效，有時不僅僅是字彙的意義而已，聲音一樣能將詩意傳遞出去，像石子在池塘引起的漣漪，一層一層向不同時代的大眾擴散……。

我感覺……

詩是感覺結構下的產物。即便是同一樣事物，同一道陽光，每個人的感受都不盡相同。特別是對創作者來說，敏感且多慮的他們，對於尋常事物都能夠觸動柔軟的隱密核心，使其易感、易怒、易抒情。小說家費茲傑羅說：「在靈魂真正黝暗的深夜，時時刻刻都是凌晨三點，日復一日」。迷戀繁華饗宴的費茲傑羅，在酒杯乾枯、華燈燃盡之際，陷入巨大的時差之中，他認為眼前的一切都是通往毀滅的途徑。他困在巴黎的凌晨三點，往前往後都不著邊際的時刻，日復一日。海明威曾說過：「巴黎是一席流動的饗宴」，然而費茲傑羅在虛擲所有的年華之後卻表示：「所有生命都是個邁向崩潰的過程」同樣是巴黎，同樣是饗宴，但兩個人的感受卻全然不同；其中涉及感覺結構、靈魂質地。

談到感覺結構，總覺得有點抽象，又像是某種江湖術士的言談，無法精確地導向任何具體的文學批評。然而，創作這件事的本質就有點神秘——可以靠近卻無法穿透。可以使用刪去法將答案找出，但卻無法直接點出謎底。於是夏宇說：「只有咒語可以解除咒語／只有秘密可以交換秘密／只有謎可以到達另一個謎」，無論是咒語、祕密、謎只有某一特定族群的人才會看見，才能掌握、並且使用。讀詩的途徑很多，可以沿著音韻、隱語、字詞的規則，按圖索驥來找到作者所暗藏的意含。然而，語言規則跟詩意的關係並非是直線對應的，有些時候，詩意落在語言規則之外，一個不毛之地，一個語言的空隙之處。

詩人林燿德形容夏宇是「積木頑童」，意謂著夏宇將文字視作積木不斷堆疊上去，字詞間的聯繫看似有其秩序，但卻又難以直接說出其所以然，試看〈擁抱〉（節錄）一詩：

風是黑暗
門縫是睡
冷淡和懂是雨

突然是看見
混淆叫做房間
……

題目為擁抱，但詩句所呈現的卻是某種費解的字彙排列，或許解讀這首詩的方式不在於單句的解析，而是讀畢整體詩作後的綜合感受。詩評家葉維廉提出一種解讀詩的方式：「定向疊景」，意味著詩的意象、意義或許沒有明顯的指涉，但總有一個大略的方向可以供讀者去探索、解釋，夏宇的詩句或許適合這樣的賞讀方式。

現代詩史中不少以「晦澀」、「難懂」著稱的作品，其中黃荷生的作品較少人提及，試看他的〈觸覺生活〉一詩：

那麼噴出的悲哀移開
那麼小小的白白的死亡
對住死亡的
臉。那麼溫暖
嘲弄溫暖投下的很多
很多影子

在吐出的靜寂吐出的天真之間

在悲哀以前
那麼遲緩
那麼無依那麼正經的步子
那麼溫暖
謀殺溫暖投下的
很多很多影子

愛的步子是那麼遲緩那麼遲緩那麼遲緩
唔，悲哀以前

在此處我並不打算賞析、解釋這首詩作，只想接續著我一開始所提及到「感覺結構」的不同，以及「定向疊景」這兩種解讀詩的岔路，這看似無法具體回答詩中的難解之處，但或許更可以往詩人的感覺結構更靠近一點也說不定。

語言的未竟之處

文學往往存在於日常語言的未竟之處。我們學會很多語言，看似可以溝通、指稱很多事物，像是在購買手搖杯時，可以按照某種我們都認同的量表，精準地說出：半糖、少冰。我們透過語言規則明確地表達需求，人類將世上的萬事萬物分類、命名以藉此溝通、確保意思傳遞的準確性。每個詞語都有相對應的意義，看似一個蘿蔔一個坑；即便如此地努力，但還是有力猶未逮，例如：疼痛。

疼痛是一種極私密的經驗，十分難以敘述。詩人艾蜜莉・狄金生說：「疼痛——有某種空白的元素」，「空白」我們可以理解為語言的不毛之地吧。那裡像是黑洞，語言、字彙、意義是殘骸到處漂流，當要向他人敘述自身的疼痛時，我們只能往黑洞裡搜尋，掏出幾個殘破的字詞來形容：「彷彿有螞蟻在鑽」、「像火在燒」。

在醫學臨床上，為了幫助病人說出他們的疼痛，最常使用「表情疼痛量表」，以六個臉型圖示（從「微笑」到「哭喪」）來讓病人指出自己的疼痛程度。由這個例子我們幾乎可以認為，在表述疼痛經驗時，日常生活語言是有其侷限性，圖示甚至比語言更有用。正如詩人狄金生所說，疼痛中的空白元素橫隔在醫者與病者之間。醫師大衛．畢羅（David Biro）在著作《聆聽疼痛》中指出疼痛之所以難以被傳遞、說明的緣由在於：一、疼痛缺乏意向性，二、疼痛涉及身體本身的不確定性；試著回想就診時，醫生在病歷表上寫的診斷紀錄，往往只是幾個簡要的病情症狀，如：頭痛、喉嚨發炎、發燒……等。這些簡要的紀錄往往只是客觀的病情描述，它無法充分地反映病人在就診時的痛苦，也就是說日常語言無法完整敘述疼痛的程度、經驗。日常語言失效之處，或許就是文學語言的擅場。文學是人類特有的語言策略，文學中的隱喻即是以「已知」事物來指涉「未知」事物，透過不斷地換喻、比喻、象徵讓抽象的疼痛感能有所意向、能有所投射，進而連結起病痛中的人我關係，提供患病者與健康者之間的「共在感」；看似模糊的語言卻能精準地形容那難以被言說的事物，正如：私密的病痛經驗。

或許我們可以說，疼痛是一種私密的內在經驗，它難以訴說，難以被瞭解，於是只能透過曲折的言說方式，來一步一步靠近，例如隱喻、象徵，唯有透過文學性的語言才能涉足疼痛的感官經驗。

書寫本是一種疼痛的行為。波蘭詩人 Emil Zegadłowicz 說：「在寫作意識的底層，總是存在著一種痛感」這種痛感深埋在底層，深藏在語言之前；文學遊走在日常語言的空隙，像是透明的魂，找縫隙附身，說出乩童一般的天啟。在現代文學領域有不少疾病書寫的作品，近期的現代詩作則有德尉的《病態》一書，專門處理疾病、疼痛等議題，夠過賦予病症情境的方式，來傳遞病痛感，頗有可讀之處。試看〈失眠〉一詩：

失控冷氣房我困躺在　夜睡的潮浪裡
喚醒　被自己動彈不得的掙扎
彷彿一尾刺網哽塞　將溺的魚
綻翻鱗肉白青色的血液
淒冷可否
成為祖靈們的祭品——
天就要亮啦！母親的撫慰　太遙遠了記憶

黎明著枯褪而出的礁岩
我只剩歸航程圖　如今一艘不竟彼時的夢境

失眠者總是困在時差裡，這種疼痛往往很難跟外人說道，每當失眠者躺在床上，會感到被全世界拋棄的遺棄感，也會感受到無能為力，詩人德尉將這種經驗，轉化為一隻「將溺的魚」，魚溺於水中，正如人們困於清醒與睡眠之間。然而，之後的意象都呈現出一種無法前往夢土的失落感。或許這種失落感就是我們在面對病態時的空白與無力吧？

儀式：詩

在一部人類學家拍攝的紀錄片中，記錄了尼泊爾北部偏遠地區的薩滿（Shaman）儀式，薩滿是介於人、神之間的存在，有占卜、通天、通靈、治療等能力。薩滿在清晨對著村落大喊：「今天要進行薩滿儀式，請每戶人家都貢獻物品」，接下來便是漫長的儀式，薩滿敲著手鼓、鈴鐺，發出生猛的節奏；這場儀式是為了治療疾病所展開的。

詩的起源與巫祝儀式相關，遠古的巫者通常便是詩人。詩的來源自舞蹈、音樂、儀式當中，然而巫者具有召喚、與萬物萬靈溝通、治療的能力。雖說我們離開人神共存的原始狀態已久，現代詩的寫作多半回歸到書面，但詩的功能往往不限於審美經驗。近年在社群媒體上出現「療傷系詩人」，這類詩人的作品往往具有撫慰讀者的效用，讀者往往在閱讀後在留言處寫著：「被療愈了」、「被說中心聲」、「被刺中了」，或是只留下一個哭臉——我們都知道能哭是好的。這時候的詩不再只是為了審美、藝術所作，它在讀者之間發生了一種類似集體治療的功效，藉由閱讀以及訴說來達到情緒的釋放與諒解。

詩一向是隱密的溝通，藉著巫祝的語言召喚出某些平日難以觸碰的傷口，我們藉著傷口交談，我們以傷口撫慰另一個傷口。我想起詩人郭品潔的詩句〈我相信許美靜〉寫著：

我相信馬拉末說的：要犯錯很容易。
我相信歸咎給別人同樣很容易。
半瓶伏特加和手風琴，

星期二，雨天，我不會再親你了。
詩像愛，這一次做得再好，不能免除下一次。
我相信軟管的盡頭，我們又靠近了一點。

詩像愛，但愛不能免於錯誤、傷害。於是詩是一次不復返的產生，像是雨天的伏特加與手風琴，都是一種溫暖的承接。在詩裡讀者與作者彼此靠近。

詩的創作除了是將傷口敷上草藥之外，更迷惑人的部分在於它憑空招喚出某些事物、情緒出來，正如薩滿所示現的人神溝通的能力。有些詩作真的是介於人神之間的語言模式，試看洛夫《石室之死亡》第五十首：

從此便假寐般臥在自己的屍體上
且在中間墊一層印度的黑色，任其擴展

任其焚化，火葬後的黑色更為固體
如果火焰一直上昇而成為我們的不朽
燒焦的手便為你選擇了中央的那個人

早期的洛夫被冠上「詩魔」的稱號，他的《石室之死亡》是在死亡逼視下的作品，詩中強烈的意象像是薩滿的咒語，召喚出一整個時代的縮影，讓詩作成為一種抽象但強烈的時代見證。

詩是抒情的酒水、是召喚的呢喃，是所有難言之隱的藏身之處。我們像是巫祝在月光下祈禱，祈禱樹林的豐收，祈禱河流的甜蜜，祈禱傷口的癒合。

國家圖書館出版品預行編目（CIP）資料

指認與召喚：詩人的另一個抽屜 / 趙文豪等合著 .
-- 初版 . -- 新北市 : 斑馬線 , 2020.02
面；　公分
ISBN 978-986-97862-8-7(平裝)

1. 新詩　2. 詩評

863.21　　109000272

指認與召喚：詩人的另一個抽屜

作　　者：趙文豪、崎　雲、謝予騰、林餘佐
總 編 輯：施榮華
封面設計：吳箴言

發 行 人：張仰賢
社　　長：許　赫
出 版 者：斑馬線文庫有限公司
法律顧問：林仟雯律師

斑馬線文庫
通訊地址：235 新北市中和區景平路 101 號 2 樓
連絡電話：0922542983

製版印刷：龍虎電腦排版股份有限公司
出版日期：2020 年 6 月
ISBN：978-986-97862-8-7
定　　價：280 元

版權所有，翻印必究

本書如有破損，缺頁，裝訂錯誤，請寄回更換。